Entre auges y fatigas

Entre auges y fatigas

René Rodríguez-Ramírez

©   2015 René Rodríguez Ramírez

©   Luscinia C.E.
San Juan, Puerto Rico
2015

lusciniace@gmail.com
https://www.facebook.com/luscinia.ce

2 da edición

Edición de texto:	Lorna Polo Alvarado y
	Luz Nereida Lebrón
Diseño de portada:	Alexander Cancio
	José Orlando Sued
	Jonathan D. Torres

Foto de la portada con licencia de Creative Commons bajo el nombre de usuario: Yuvipanda y foto de la contraportada bajo el nombre de usuario: Zhanyanguang.

ISBN 978-1-944352-04-2

Sólo una cosa no hay. Es el olvido.

"Everness" Jorge Luis Borges

Las horas han pasado como nubes cargadas de lluvia, acumulándose en las orillas de un cansancio milenario. Sin duda alguna, también han salido múltiples vuelos a diferentes ciudades del mundo, sin que ninguno de estos fuera el mío. Ahora, las pequeñas paranoias invaden los pensamientos, esas ensoñaciones que se van creando a lo largo de la tensa espera en el aeropuerto. Por ejemplo, cuando estás con un mínimo retraso entran, instantáneamente, el terror de perder el vuelo y los subsiguientes dilemas sobre la organización, la discusión y, en ocasiones, los altercados, para volver a planificar la salida de un lugar que se convierte en hostil. O, para seguir con los ejemplos y continuar con las perturbaciones mentales, que por una tardanza le toque a uno en los últimos asientos del aparato, aquellos que padecen de las horribles vibraciones, tanto del avión como de los pasajeros que entran en tropel a los baños que se ubican, asimismo, al final de la cabina del mismo. Pudiera dar mil razones para hacer esos temores descaradamente reales, como esas personas que te acompañarán, por obligación, durante todo el vuelo, y contarán y versificarán cada una de las etapas difíciles o no de su larga, pero conflictiva vida. Otros que dormirán y despertarán las alarmas del avión tan pronto inicien sus altisonantes ronquidos. En fin, la lista es incalculable, tanto así, que el solo hecho de pensarla, inicia el movimiento, siempre hacia arriba, de las tensiones. A esta hora ya he sorteado varias de estas agitaciones para poder sobrevivir en una especie de monumental vacío, ese en que se puede convertir un aeropuerto. Comencé con las revistas que siempre cargo en mi mochila de viaje, de la que ya había extraído mi reproductor de música y que me disponía a apagar y guardar por culpa de una espesa sensación de aburrimiento, pero al final no pude. A lo mejor este artilugio sufre del mismo desgaste que su dueño. Asimismo, leía las últimas páginas de mis revistas, al tiempo que escudriño los periódicos o semanarios que antiguos pasajeros que sufrieron, por igual, de las mismas angustias de la expectación, habían dejado en los sillones de esta blanda sala de espera. Para mí, los periódicos son pequeños salvavidas, motivan el inicio de cualquier lectura, no importa cuán fútil uno piense al final que sean. Pero una íntima preocupación invade todo mi ser, no veo, en ningún asiento, algún flotador de esos para sobrevivir este lago de apatía. Miro alrededor, a los otros pasajeros que leen otros libros, gruesos libros, con un titular gigantesco de *Best Seller*, lo más seguro comprado en una de las tantas tiendas del aeropuerto. Continúo mi desesperada búsqueda, pero nada, butacas, las pocas, vacantes, y sin alguna hoja, aunque sea de publicidad. Muevo la mirada de un lado hacia el otro, impaciente, desorientado, evitando nuevamente las terribles ensoñaciones, hasta que mis ojos aterrizaron en el negro y largo cabello de una joven sentada frente a mí, pero con su espalda hacia mi dirección. Observo por un extenso rato y con mayor intensidad, la larga cabellera negra, brillante, juvenil, que ha conseguido la total atención de mis sentidos, pero, de la misma manera, de algo que yo procuraba con vehemencia mantener dormitando hasta ahora: mi memoria. En una implosión de imágenes, olvido mi insulsa exploración de algo para entretenerme, para leer. Me sacudo, aturdido por los colores, las palabras y, ante todo, las sensaciones y las emociones que van golpeándome en este rincón de una sobria ciudad. Me repongo de esa primera oleada de espectros y fantasmas, para, nuevamente, enviar la mirada a ese cabello que perturbó en segundos la poca tranquilidad que había logrado obtener. Sonó un poco raro el hecho de pensar desde algo tan sencillo como lo pueden ser el color y el largo de una cabellera, pero, irremediablemente, ha abierto algo en mí o he cruzado un espacio del todo desconocido para mí. Descanso un poco, observo obsesivamente el suelo, respiro profundo, exhalo lentamente; repito la fórmula una y otra vez. Luego, qué remedio, me río un poco de mí mismo, pero en lo profundo, en eso que no puedo comprender, ha habido un cambio de estado de ánimo que ha convocado las más abigarradas e imprecisas representaciones en muchos años. Ante todo, la de un pasado muy lejano, un tanto dejado de lado o, por lo menos, tratado de echar al imposible olvido. Ya no me interesa leer, no quiero encontrar algún huérfano periódico, no me importa ni la revista que tengo en la mano. Aunque, sinceramente, la lectura se entremezcló hace un rato con la avalancha de imágenes que me visitaron, que se apoderaron de mi espacio. El cabello de una muchacha desconocida y la música, que seguía emanando desde mi reproductor de música, se instalaron al unísono con la película a cámara rápida que intervino un tiempo atrás. Tal vez estos, la cabellera y la música, se hayan confabulado para construir ese umbral que transité, y que ha dejado sus huellas, sus consecuencias bien marcadas, tanto emocionales como físicas, me doy cuenta que tiemblo un poco; prueba de esto es el movimiento continuo de las hojas de la revista que todavía, no sé por qué, tengo en la mano. Es como si hubiera viajado antes de entrar en la aeronave o traté de negarme a la posibilidad de ese viaje, de ese recorrido al cual fui convidado y del cual yo no esperaba tan desbordante invitación.

Es curioso, frente a todas estas emociones, anunciaron en la sala de espera que el vuelo se aplazará alrededor de dos horas más. Entre gritos, maldiciones, palabras soeces o, mejor dicho, palabras exactas ante la situación, recibo una segunda invitación, cuando pude observar en detalles el rostro de la cabellera larga y negra. No había forma de detener esta segunda oleada, este segundo alud de imágenes, fotos y, ante todo, de una intrusa nostalgia, que ha decidido incorporarse, para mi sorpresa, brutalmente. Es un desconcierto desagradable, porque ha traído, a este presente, todas las configuraciones que posee mi pasado. La manera en que yo los lea, las formas en que otros me los contaron, y esos intersticios vacíos y que la ficción se encargó de ir construyendo sobre ellos hasta tomar una densidad mayor, una forma concreta: las reminiscencias. Los recuerdos enterrados en algún surco de la memoria. Ese rostro tiene para mí una resonancia sublime, una evocación peligrosa, que me envía a una búsqueda que di por perdida hace muchos años, y que, ahora, resurge de unas cenizas que había lanzado, hace siglos, al océano. Esa cara, estos recuerdos, se van ubicando ligeramente en el presente y frente a mi primera negativa, a ese acto insubstancial de olvidar, toman una fuerza inconmensurable. No vale la pena luchar contra ellos. Acercarme a ella equivaldría a un ejercicio tentador, pero, al mismo tiempo, arriesgado. Es impresionante lo que puede hacer una ausencia; esta tiene la capacidad de irradiar una presencia totalmente letal, angustiante. Los ayeres van aterrizando, formando una comunidad del pasado, que desea eternizarse en un incierto presente, de días e insomnios. Es como el funámbulo, que inicia el camino por la cuerda floja, pero no sabe con certeza si llegará hasta el otro extremo. El papel que me correspondería sería el de acróbata y hacer mi coreografía en la línea de los recuerdos que no cesan de moverse.

La última ocasión que aprecié verdadera y detenidamente aquel rostro, fue hace más de veinte años. Ella parada, cerca del escritorio de la maestra de Historia, en un salón sin estudiantes, desocupado. La mayoría de nuestros compañeros de clase se había ido a sus casas y otros, los pocos, esperaban en la calle frente a la escuela a que los buscaran sus padres o encargados. Pero ella sabía que varios amigos en común esperaban, exasperados, por nosotros; por lo que teníamos que dialogar, por lo que había que enfrentar y compartir. En aquel presente, yo emprendía la cimentación de un recuerdo que navegaría siempre en mi memoria. Ese recuerdo marcaría muchos de los caminos que recorrí, los que me han llevado a esta butaca, a esta sala de espera, a un vuelo atrasado por segunda ocasión. Regreso, inexorablemente, al segundo piso de la que fue mi escuela superior, de lo que fue el salón de Historia. No sé si es melancolía o una cierta nostalgia, pero no he podido mencionar su nombre, enunciarlo con la ternura que me encantaba pronunciarlo, con la firmeza que me gustaba escribirlo, Ilona.

4

Ilona, parada frente al escritorio y las lágrimas que corrían por todo su rostro. Antes, una amiga me había comunicado que subiera hasta el segundo piso, alguien tenía deseos de hablar conmigo. Llegué al aula y sus lágrimas tocaron en mí una fibra desconocida, y tuve una sensación desoladora. En la confusa y, a veces, quimérica relación que mantuvimos en ese intenso año académico, aquel en el que nos conocimos como pocas personas tienen la oportunidad de conocerse en toda una vida, nunca la observé en tal aflicción. Ahora comprendo, ante aquel instante, que lo único que de ella había emanado próximo al desasosiego fue el silencio. Ver, en ese momento, su cara humedecida, mojada por una cadena de lágrimas que no se detenían, me conmovió y, si lo pienso, como tengo que hacerlo, nada hasta hoy me ha estremecido de igual manera. No puedo precisar si fue el ardor que le brindamos a ese periodo de nuestras vidas, a la necesidad de sentir, de soñarnos todas las vidas posibles. Mas, no puedo negar que el tiempo puede ir desvaneciendo esas urgencias de sentir y de soñar de esa forma. Pero ella, allí esperándome, solo para dialogar algún asunto, algo que era apremiante y, por supuesto, para mí, aunque me diera cuenta demasiado tarde.

Me acerqué con cautela. No sabía qué decir, cómo iba a reaccionar con mi presencia, y, ante todo, mi sorpresa al verla en semejante estado. Noté que trataba de construir, en su mente, las oraciones. Me lo manifestaron sus gestos al pensar. Cuando, al fin, estuve frente a ella, comenzó a tiritar, a llorar con quejidos y alguna falta de aire. Pensé, intenté pensar, y luego hice un recorrido mental, desperté pensamientos para saber qué le podía estar sucediendo. Indagué en los últimos ocho meses que habíamos vivido, los gratos momentos en los salones de clases, las risas, los comentarios, las aproximaciones, los roces, las largas conversaciones que sostuvimos por teléfono hasta altas horas de la noche, incluso de la madrugada, las fiestas, las películas que vivimos y, sobre todo, la música que oímos y compartimos. En un periodo tan corto de tiempo traté de hacer acopio de varios de nuestros intensos momentos juntos, pero nada, absolutamente nada pude asociarlo con el estado en que se encontraba. Medité en las confidencias compartidas, en los secretos, en la confianza desarrollada por las buenas y las malas experiencias, pero nada me ayudó a descifrar qué le ocurría a mi amiga. Ella continuaba llorando, mirándome con sus grandes ojos negros, anegados en una agua nacida desde lo más recóndito de algún dolor, ese al que yo no tenía acceso, y lo más seguro había desconocido hasta ese preciso segundo. Ese que se revelaba a través de las lágrimas que caían incesantemente por el rostro que alguna vez tuve entre mis manos y que languidece entre mis especulaciones.

De pronto, regreso al presente, y me veo moviendo todos los dedos de mis manos, como danzando frente a mí, desorientado. Vuelvo al aeropuerto, a mi incómoda silla, mientras una chiquilla está delante de mí. Una pequeña niña de no más de tres años me mira con unos enormes y melancólicos ojos, luego me brinda una de las más grandes y hermosas sonrisas que he recibido. Da varios pasos de ballet, se detiene, sonriendo vuelve a mirarme y estira su manita derecha para dirigirme un gesto de adiós. Escucho la voz del que podría ser su padre, grita un nombre que no reconozco bien, tal vez inicia con la letra L o S, la niña escucha su llamado, nuevamente sonríe y decide correr con sus luminosas zapatillas blancas. Por lo visto, tuve una ensoñación de varios minutos, de unos largos minutos. Con cierto temor dirijo mi mirada hacia el frente, adonde se encuentra Ilona sentada. Parece estar sola, observa uno de los miles de televisores que se encuentran diseminados por todo el aeropuerto. Considero pararme, ir hasta donde ella está y ver si reconoce este antiguo y curtido rostro. No me decido, espero con calma, a lo mejor ella se acuerda de mí, y toma la iniciativa de caminar hacia mí, saludarme, buscarme.

Una larga espera me induce reiteradamente a buscarla en mis evocaciones, en la seguridad que me brinda recordarla y no enfrentarla. Pensándolo bien, no hay circunstancias que me detengan, que eviten saludarla, hacerle las mismas preguntas de siempre *¿Cómo estás?, ¿Qué ha sido de ti?, ¿Dónde trabajas?* para luego entrar más en la trivial escena *¿Por qué no nos* *comunicamos? Podemos hablar, dame tu número del celular, luego te llamo.* Todas esas mentiras hermosamente decoradas, y, al final de la embarazosa acción, nunca llamar, nunca encontrarse y continuar como si nada, con la amargura de una subsistencia que siempre está en continuo cuestionamiento, en la constante duda del pudo ser de otra y miles de maneras distintas. Ahora yo aquí, estático, ella allá, inmóvil, y ese perenne abismo entre los dos. No sé si ese precipicio lo comenzamos a levantar esa tarde en aquel salón del segundo piso o lo decidí crear yo, insistiendo en borrar todo lo bueno y extraordinario que viví y aprendí de ella o, tal vez, fue formándose paulatinamente en la medida en que, sin querer, nos fuimos alejando, distanciándonos el uno del otro. De repente, era muy tarde. Dicen que el olvido no existe, pero, al intentarlo, deja unas huellas demasiado profundas.

Me muevo un poco en mi butaca, pero con ningún propósito de ser visto; tengo que pensar con detenimiento, no sé cuánto más se atrasará el vuelo en el que ambos regresaremos a nuestro país. Después de muchos años, de haber tenido en la vida incontables contratiempos, numerosos desencuentros amorosos y una que otra situación difícil en algún territorio, en verdad no sé mucho sobre ella. He preguntado, hecho algunas averiguaciones, pero recopilé muy poca información. La más importante: su sorpresiva boda con un desconocido, al menos para varios de nuestros amigos y, por supuesto, para mí. No podíamos creerlo, mis compañeros y yo, que muy a pesar de lo que vivimos, debíamos mantener unos lazos de comunicación. Esa noticia tiró por el suelo nuestra teoría. Después de la boda, no supe más sobre ella, además había iniciado, apresuradamente, un descenso a las aventuras y desventuras en el espacio amoroso, las que nunca alcanzaron a llenarme como me colmaron nuestras largas conversaciones. En aquel tiempo, por no decir siempre, extrañé la manera en que hablábamos, las revelaciones, los secretos, y me fui adecuando cada día a su voz, a nuestros temas, que en ocasiones oscilaban en prolongados argumentos sobre la música, el cine y la literatura. Con anterioridad, yo me había iniciado en la lectura de algunos poetas latinoamericanos, cuyos libros comencé a devorar metódicamente. También en la lectura de prosa, ante todo, de escritores norteamericanos mal traducidos al español. Esos elementos me ayudaron a establecer pláticas amenas, cuyos finales eran difícilmente predecibles. Íbamos de tema en tema, sin preocupaciones de tiempos leíamos las letras de canciones de nuestros grupos favoritos, para luego pasar, sin tensión, a algunos poetas, a los sucesos de un país al que ya no le prestábamos mucha atención, del cual no queríamos que formara parte de nuestro mundo. Éramos muy jóvenes, y en ocasiones llegamos nuevamente a ser niños. Al otro lado del teléfono tenía una voz, un cuerpo, una persona que sentía cercana, la sentía sentada junto a mí. Era una certidumbre que nunca he vuelto a percibir. Al terminar los periodos lectivos en nuestra escuela, llegaba con muchas ansias a mi casa para tener la oportunidad de escuchar otra vez esa voz, para así ingresar a ese espacio inexpugnable e irreductible.

Mientras sigo pensando en nuestras llamadas telefónicas, escucho una ruidosa alarma en el aeropuerto. Al parecer, ha sido un pequeño contratiempo con la seguridad, y nos solicitan, a través de los altoparlantes, a todos los pasajeros quedarnos en nuestros respectivos asientos y muy cerca de los terminales. Desde donde me encuentro, puedo ver que se lleva a cabo una inspección, tanto de los pasajeros como del avión que tengo que abordar. Me imagino que permaneceremos un poco más de tiempo en este lugar. El vuelo estaba previsto a salir a las seis en punto de la tarde, lleva retrasado alrededor de dos horas y me aventuro a predecir que no saldrá hasta pasada las diez de la noche. En conclusión, llegaré pasadas las cuatro de la madrugada a mi apartamento. Advierto en cada uno de los pasajeros el disgusto, el fastidio y, en otros, el coraje y la frustración que causa una espera obligada, en otras palabras, inesperada. Antes, las personas hablaban de los aeropuertos como lugares importantes, llamativos; todos querían ir al encuentro con alguien querido o solo por la sencilla razón de estar en uno de estos. Hoy día se han convertido en espacios indeseables, cada hora que las personas tienen que esperar por algún improvisto, genera duda, genera suspicacia. Finalmente, el verse obligado a merodear por los pasillos del aeropuerto provoca hastío. El estar largo tiempo sentado, el tener que compartir con cualquiera la mala suerte de convivir en el aeropuerto, han hecho de estos el lugar que todos queremos evitar a toda costa.

Regreso a Ilona, a la tranquilidad que me brindaba su cercanía y a la profunda nostalgia que generó. Luego de la conversación que mantuvimos en aquel salón de clase, regresé solo a mi casa sin comprender exactamente lo que acababa de acontecer. Mejor, lo que terminaba de ocurrirnos a ella y a mí. Tomé un autobús del transporte público. Demoré varias horas en llegar a mi destino (aunque si lo medito bien, en aquella aula del segundo piso, ya el mío se había tatuado, marcado para siempre). El bus, como era de suponer, tardó más de lo esperado. Dio mil vueltas, se metió por calles que nunca había tomado jamás. La idea de conspiración del universo llegó hasta mi mente, pero nunca prosperó. Tal vez iba entendiendo, poco a poco, que el mundo no giraba en torno a mí y a nuestra bizarra relación. En el transporte, los de siempre: las señoras mayores con una gran cantidad de paquetes con las compras de todo un día, los estudiantes de otras escuelas aledañas a la que yo asistía, en grupos y haciéndose bromas uno a los otros, llamándose todos por el mismo apodo, en fin, a la congregación vespertina de todos los días. No obstante yo, precisamente, no estaba de celebración; intentaba sin éxito analizar sus palabras, sus incesantes sollozos, pero no comprendí nada de lo acaecido. Desde esta butaca, pienso en aquel día, y en las jornadas subsiguientes, y cómo entró mi vida en un vértigo. Recuerdo la gritería en el autobús, la alegría que vivían los grupos de estudiantes, pero yo estaba alejado, me encontraba como debajo del agua. Durante el verano, antes de profundizar mi relación con Ilona, fui muchas veces al mar a practicar cualquier tipo de deportes acuáticos. Al entrar al agua, me introducía en un mundo distinto, pacífico, la presión en los oídos aumentaba, pero prefería continuar allí, solo, sin escuchar a nadie. Mientras las olas iban y venían, sintiéndolas en todo mi cuerpo, y este, se zarandeaba al unísono con ellas. Era como vivir en otro lugar, me distanciaba de las realidades que pesaban, que hacían sufrir y cuestionarse la propia existencia. Pero el mar brinda eso, una especie de caparazón, aunque sea efímero, ese escape lograba detener la persistencia del tiempo. En cierta manera, el mar brindaba una tranquilidad y la excusa perfecta para practicar los deportes en la playa, en donde me transformé, construí de mí otra persona, otra identidad, para poder llegar a otras instancias. En el año académico anterior la conocí, y pensé que el verano traía consigo una oportunidad para desarrollar un yo diferente, un yo que pudiera llamar la atención de todos los compañeros de clase, sobre todo la de ella. El sol había desplegado en mi piel un bronceado excelente, los ejercicios físicos compusieron otra persona, la timidez enfermiza que me caracterizaba dio paso a una personalidad extrovertida, decidida a vivir y a tratar de comerse el mundo. El mismo que fue desquebrajándose en el autobús camino a mi casa, y que, desde esta impuesta espera, reflexiono con mayor nitidez. Sin embargo, el cambio del verano fue la culminación de una metamorfosis que inició meses antes una encantadora muchacha. La que se marchó fuera del país antes de haber completado el año académico. Literalmente, desde un principio, Raquel me gustó en el íntimo espacio de lo físico. Para mí, era una chica excesivamente hermosa, además de poseer un gran sentido del humor, dos características que la convirtieron en la atracción de los muchachos de la escuela. Ella se sentaba exactamente en el pupitre detrás del mío. Al comenzar la clase, cualquiera que fuese la materia, intercambiábamos pequeños papeles con variados mensajes. En ocasiones, la permuta de los escritos la iniciaba yo, en otras, Raquel. Nos pasábamos todas las clases así, escribiéndonos. Creo que fue el principio de mi afición por la escritura y lo que mantuvo nuestro vínculo hasta el momento de su partida. Hasta hoy conservo cada una de las notas que me regaló, las guardé en casa de mis padres en una caja grandísima. En ésta, también habitan los poemas escritos a Ilona. Los poemas devueltos en su inesperada visita la noche antes de su matrimonio. Tendré que esforzar aún más la memoria para traer cada una de esas palabras, cada uno de esos adolescentes versos que poseen las sombras del muchacho que fui.

Los temas de las notas que Raquel y yo compartíamos eran diversos. Desde lo aburrido que estaba la lección en una determinada jornada, hasta las nuevas canciones que escuchábamos o que veíamos en un nuevo canal para todos nosotros: MTV. Claro, yo disfrutaba verlo en casa de algún amigo. Describíamos con lujo de detalles las imágenes que llegaban desde ese canal, los artistas nuevos, sus canciones, las vestimentas que utilizaban, ante todo, las tonalidades de los colores que escogían, los nuevos relojes suizos que estos usaban, igualmente coloridos y que todos en la escuela querían comprar. Una situación curiosísima: los estudiantes queríamos ser diferentes, necesitábamos ser diferentes, esa escabrosa construcción de identidades que siempre fueron prefabricadas, y a las cuales queríamos acceder de cualquier manera, para luego, inexorablemente, parecernos todos a lo que brotaba del televisor. Ambicionábamos todos, de una cierta forma, encontrar ese espacio libertario que a mí me ofreció el mar.

Pues sí, así pasábamos todas las clases Raquel y yo. En algunas, ella tenía deseos de conversar, me tocaba, sutilmente, la espalda, esa era la señal de que había terminado con la escritura de alguna notita. Sé que yo mostraba una sonrisa y que me ruborizaba un poco en cada circunstancia que Raquel, con suavidad, me rozaba con su mano. Lo importante en este asunto nuestro era recibir un nuevo mensaje, y que yo, antes que todos los estudiantes, tenía la primicia de los pensamientos y las opiniones de Raquel. Yo era el que ostentaba su confianza, su cariño y su apego. Esta situación me hacía sentir bien, diferente, y cuando advertía alguna cercanía del celo de los amigos, me sentía privilegiado, ya que la chica que a todos nos gustaba me había elegido a mí para sus confidencias. Bueno, yo reconocía que al principio no eran tan íntimas como creían mis amigos, pero yo mantenía un cierto hermetismo frente a las incesantes preguntas que se producían luego de cada clase. Diversos cuestionamientos que iban desde si ya Raquel y yo disfrutábamos algo más que una bonita amistad, que si ella me había dejado ver su ropa interior (esta, demostraba que algunos colegas vivían todavía en un rezago emocional), si la había besado, y si la besé, en qué lugar sucedió. En estos casos, el silencio, siempre elocuente, aumentaba aún más la curiosidad de los demás, la envidia de otros y los celos de unas cuantas personas. De lo último me enteré después. Cuando pensaba en mi amistad con Raquel, no dejaba de extraer esos instantes particulares de las notas y de qué forma eso pudo haber afectado a más de una persona. Pero los textos escritos por Raquel y contestados por mí y viceversa, no siempre fueron tan coloridos como los amigos imaginaban. En esos diminutos papeles me enteré de una desgracia familiar que no debía divulgar para no romper con la confianza que Raquel me había regalado. Nuestro alrededor veía a una preciosa muchacha, pero las continuas revelaciones que fueron traduciéndose en palabras, construyeron en mí una imagen totalmente distinta y, en ocasiones, aterradora. La de un ser humano que había tenido que vivir y experimentar humillaciones ignoradas por muchos; nosotros, todos unos idiotas, desconocíamos que una persona que demostraba tanta belleza física, tanta inteligencia, emocionalmente estuviera viviendo una crueldad absoluta. Ese horror fue abriéndose paso el día en que la maestra nos comunicó a todos que Raquel había tenido que partir fuera del país y que continuaría sus estudios en otra escuela. Me quedé pasmado, absorto, ya que no encontré en ninguno de los mensajes escritos por ella el hecho mismo de que se iba del país. Por el contrario, compartimos el fin de semana anterior en una fiesta de la escuela. Hablamos, bailamos, tuvimos momentos muy íntimos, lo que significó algo central en mí hasta el momento, corta vida. Consideré que esa experiencia vivida en aquel fin de semana vislumbraba la posibilidad de haber conseguido un espacio en el corazón y en el afecto de Raquel, el cual, no lo niego ni lo negaré, fue una meta que me había fijado, uno de esos retos que asumes sin percatarte que lo has hecho. Raquel se comunicaba con muy pocas personas en la escuela, tal vez por eso, inconscientemente, fui, clandestinamente, enamorándome de ella. Luego de casi un año de la noticia de la partida de Raquel, recibí, sorpresivamente, una carta suya. Esta vez, en un largo escrito exponía lo que había sido su vida desde que tuvo que irse, y en la misma me decía, sin tapujos, sin ninguna forma de censura, que siempre me quiso y que nunca se había atrevido a confesármelo. Aparentemente era en la célebre fiesta que me lo diría todo, necesitaba que yo lo supiera. Pero, pasado el año, pasado un importante y determinante verano yo me había transfigurado en otro, en un ser distinto. Me dolió mucho lo escrito en la carta y la conservo como tantas cosas de ese período de mi vida. Raquel caló hondo. Quizás lo más importante fue el hecho de que hilvanó algo inédito en mí: la ilusión. Con esa misma ilusión entré con fuerzas al verano, decidido a cambiar, a mudar de aires. Para el mes de agosto de ese mismo año, tomé otra estrategia, resolví ser yo el que escribiera las notas primero. Aunque ese primer texto escrito con mi puño y letra, cambiaría, de una forma extraña, el resto de mi imperceptible presencia.

La interrupción abrupta de la conexión que forjé con Raquel también generó muchas dudas. Cuestionamientos que ahora puedo considerar como normales, si es que se puede llamar algo de esa manera: "normal". Ante todo, incertidumbres sobre la definición y el alcance de qué es confiar en una persona, el establecer relaciones interpersonales con el otro, desarrollar, hasta cierto límite, el que un ser humano se sienta sosegado con la presencia de otra persona. Parecería tonto, por no decir imbécil, tener esas consideraciones a poco más de un año de terminar la escuela superior. La verdad es que yo nací dentro de una familia muy pequeña. Era hijo único, que tenía una sola prima que vivía fuera del país, y que sólo la veía cada tres años. Hasta cierto punto, sería una realidad sostenible para cualquiera, pero no era así. Entré en contacto con niños de mi misma edad cuando llegué a la escuela elemental. Antes de eso, vi muy pocos niños pasar por la calle del vecindario de clase media en el que se habían mudado mis padres. Fue uno de los primeros barrios denominados "urbanización". Nada, un territorio bastante extenso en el cual se alineaban, en forma de enormes cuadrados, una hilera de idénticas casas. El interior de estos cubos era exacto al otro. Se entraba a la casa por la sala de estar, el área donde la mayoría de la población de la urbanización colocaba el comedor, un estrecho pasillo hacia la cocina, que colindaba con el baño, y al final del mismo, dos cuartos contiguos que compartían como frontera una pared. Mi cuarto era para mí una gigantesca región, allí jugué, imaginé, soñé, y aprendí a leer a una temprana edad. Escaseaban otros niños en la calle que vivía y el parque del vecindario quedaba muy retirado de mi casa. Llegar hasta el mismo era toda una aventura, que celebraba con gran emoción. Debió ser porque me sacaba de una rutina concreta que mis padres alimentaron en mis primeros años de vida. Un hábito que luego fue cristalizándose en un miedo que todavía, de tanto en tanto, hace su entrada cuando menos lo espero o, peor, cuando menos lo necesito. Por eso y, por otras cosas más, hicieron de mi entrada a la vida escolar una transición dolorosa, traumática. Yo veía a esos otros niños como seres distintos y me sentía como un extraño, que vio en la soledad más que una pesadez, una aliada. Algo me diferenciaba de las demás criaturas: mi madre. Me crió y me cuidó en mis primeros años en un mundo que iba cambiando vertiginosamente. Asimismo me había enseñado a leer. Primero, los libros básicos, con sus láminas y sus cuentos, luego los libros para jóvenes. Practicaba las lecturas en intervalos de larga duración y se me permitía ver el televisor por una hora u hora y media, si tenía suerte. Las lecturas se hicieron frecuentes y encontré en estas una forma de distanciarme, de salir de una realidad monótona. Compartía, eso sí, con otros niños en la escuela, pero en la casa leía. No cabe duda, el leer revistas, enciclopedias, y, en un momento determinado, libros de literatura, desarrollaron mi imaginación. Nunca pensé que todo ese tiempo repercutiría tantísimo en mi profesión actual. Cada fecha, cada personaje histórico y/o literario (si es posible diferenciarlos), tienen cabida en lo que realizo a diario, conviven en mí, y me han ayudado, de maneras diferentes, en lo que hago para generar ingresos.

Entiendo que al ver a Ilona en este anónimo aeropuerto de una anónima ciudad, ha producido, no solamente un despertar, sino una escalada de recuerdos que sentía dormidos en lo más profundo de mi mente. Se hacen rápidas interconexiones, de las cuales poco intervengo, de ella paso a Raquel y luego a mi niñez y regreso a un disperso futuro. Raquel siempre me llevará a Ilona, no tan solo porque estudiamos todos juntos, sino porque ella despertó una suerte de certeza, una confianza en mí mismo. La seguridad necesaria para sobrellevar una relación con otras personas, y que el miedo fue solamente eso, una prisión. La falta de movilidad, la carencia de un vínculo con los demás, de esa fluidez necesaria de antemano para mantener nexos con otras personas se encontraba regida por mi timidez, por el pavor que le tenía a los otros estudiantes. Ambas me ilustraron el camino y las formas, por qué no decirlo, de poder entablar una reciprocidad importante con las mujeres que marcaron mi vida y mi piel. Ante todo, el arte de la conversación, del saber escuchar, atender y entender, manifestaciones medulares de una cierta inteligencia. De poder desarrollar un diálogo de forma orgánica y que luego derivaba en confesiones imprevisibles, en comentarios, en oraciones completas que iban vaciando la bóveda que ambas habían echado a las profundidades del océano. Por suerte, supe nadar bien y aguantar por mucho tiempo debajo del agua sin tener que salir a la superficie. A través de ese submarinismo descubrí en el ser de estas muchachas, que primero dudaron y luego confiaron en mí, sus múltiples e íntimos secretos. No es que me haya convertido en un simple confidente, fue que continuamente anduve buscando las palabras correctas para tratar de definir alguna emoción o sentimiento. Las lecturas de mi niñez y de mi juventud, ayudaron a encontrar adjetivos precisos, espontáneos, que podían provocar una implosión fugaz en mis amigas. A lo mejor me siguieron hablando por eso o porque nadie verdaderamente las escuchaba. No puedo negar que me encantaba estar rodeado por ellas, las conversaciones, los olores, los perfumes que decidían utilizar tal o cual día, los besos al saludarnos, los besos al despedirnos. Me gustaban esas chicas, disfrutaba de su compañía, de hablar de cosas distintas a los autos y a los deportes, y lentamente, esas experiencias me llevaron, irremediablemente, a enamorarme primero de Raquel y luego, profundamente, de Ilona. Me atrevo a decir, con cierto grado de seguridad, que los largos diálogos me proporcionaron de un material bruto, que luego fue descontaminándose para convertirse, dado el caso, en armas de seducción utilizadas en momentos extremadamente difíciles. El miedo al rechazo, a ser ignorado, a ser borrado, me llevó a escuchar con detenimiento, a hablar en instantes centrales, y me abrió el camino de las conquistas viables y de las relaciones efímeras. Con esto no quiero decir que me convertí en un *gigoló* de poco valor, ni un pernicioso mujeriego, sino que descubrí la aceptación con mayor desenvoltura y sin mucho esfuerzo. Los casos desafortunados se cristalizaron en una adulación, de la que no pude escapar. Después de graduarme de la escuela superior, el universo de la universidad se me hizo cómodo, entré con una naturalidad que fui desarrollando a través de mis años de formación en la escuela. La aproximación, la cercanía a las mujeres configuraron un lámina que mantuvo fuera todo aquello a lo cual temía, mi timidez. Pero esa cubierta tuvo su fecha de caducidad. En un aeropuerto, parecido a este, genérico, vigilado hasta la saciedad, encontré uno de esos salvavidas de los que les hablaba antes, un diario tirado en una de las butacas de espera. No me acuerdo con exactitud cuál era, en realidad da lo mismo. Comencé a hojearlo y luego decidí leerlo detenidamente, influido por uno de los muchos retrasos en los horarios de los vuelos. Y esto lo digo en voz baja, no necesito otro más en este momento. Leí, primero, la parte de arte y de cultura, como siempre hay que hacer, luego las noticias internacionales, los deportes, la caída de la bolsa, hasta llegar a los informes locales, los del diario vivir. Entre una miríada de asesinatos, que salté apresuradamente, y sin mirar atrás, me topé con la noticia sobre el suicidio de una joven en la ciudad de Filadelfia. Primero, quien escribe el artículo hizo una minuciosa descripción de cómo se encontraba el apartamento de la muchacha. Esta, vivía en el tercer piso de un antiguo edificio cercano al Barrio Chino de la ciudad. Lo que parecía interesante, solamente para el autor del texto, era que las dos habitaciones de la residencia estaban arregladas en forma prístina, íntegramente nítidas, sin rastro de polvo, ni descuido. Aparentemente la mujer limpió cada rincón de su piso, colocó todo en orden: la cocina, el comedor, los cuartos. Pero, ahora cuenta la persona que halló el cadáver, cuando buscó en el baño notó algo increíblemente extraño. Cada uno de los azulejos que cubrían las paredes de este cuarto se encontraba escrito con diferentes mensajes. Abundaban los textos en los que la mujer solicitaba ayuda y otros con nombres de diferentes personas. La policía, luego de personarse al lugar, insistió en que la vecina, que al parecer tenía conocimiento del idioma español, tradujera cada uno de los escritos en esa lengua. Según la noticia, ella se negó en un principio, aduciendo que había que respetar los últimos suspiros, que a través de la escritura, hiciera Raquel. El reportero que redactó la nota fue más allá. Además de la detallada descripción del lugar, decidió narrar la horrible escena en el baño. Al parecer, Raquel, que era muy querida y apreciada en el edificio, resolvió escribir diferentes etapas, sucesos, personas y experiencias de su vida, todo lo que había mantenido en secreto por años, en las baldosas del baño. La vecina se aterró al comenzar a leer algunos de los pasajes, no podía creer cosa semejante de una exquisita mujer, así comentó el reportero. El cuerpo de Raquel fue encontrado acostado en el piso de su baño, boca arriba, sus brazos completamente estirados y con las manos abiertas. Las líneas que abrieron la piel de sus muñecas eran idénticas una de la otra. La filosa navaja de afeitar, utilizada por barberos, reposaba cerca de la mano derecha. Por supuesto, su mano diestra, con la que horas antes había escrito cada uno de los mensajes, los mismo que eran traducidos detenidamente para todos los agentes que llegaban a la escena. Un oscuro charco de sangre cubría gran parte del suelo del baño y pasaba por debajo de la espalda, de la parte inferior de la cabeza y de las extremidades de Raquel. Y la nota continuaba de la siguiente forma: *"... era como si la mujer se hubiera acostado en la cama de su propia sangre".* Detalles que consideré irrespetuosos tanto para Raquel como para cualquier otra persona que hubiera tomado semejante decisión. Al final de la noticia, el reportero transcribió ejemplos de los mensajes dejados por Raquel. Estos transferían un inmensurable sufrimiento, al tiempo que una fragilidad, una dulzura que se les habría escapado a muchos de los lectores. En la foto que acompañaba al reportaje reconocí varios nombres, ante todo el de su padre, pero, y en aquel momento perdí momentáneamente el contacto con la realidad, mi nombre apareció en una de los azulejos, cercano a varios mensajes. Alguno de estos los había leído en otros lugares, en otros tiempos. El peor de todos, al menos para mí, fue el siguiente: *¿Dónde estás?* La pregunta me conmocionó de tal manera que cerré el periódico, corrí hacia el primer baño que encontré y vomité en varias ocasiones. Lavé y restregué mi cara y mis manos. La nausea creó un cierto desbalance y me aguanté del lavamanos. Me sequé fuertemente la cara, miré al espejo, observé la imagen que me devolvía, y retumbaba en mi cabeza la jodida pregunta, una y otra vez, *¿Dónde estás?, ¿Dónde estás?* La noticia de Raquel, la noticia de la muerte de Raquel, comenzó a derrumbar los edificios de una memoria construida en suelos de ficción, rellenada con sueños e ilusiones, que de un solo tirón se agrietaron. No sé si fue el paso definitorio hacia una adultez retrasada inconscientemente, pero llegaba nuevamente el invitado inesperado. De una cierta forma, el miedo indagaba en la memoria, usurpaba los recuerdos que tenía configurados con historias lineales de un principio hasta su fin. Fue el desenlace de Raquel el que cuestionó toda la veracidad conferida a mis años de escuela. Era la muerte de alguien a quien aprendí a querer, a confiar, a ilusionarme. Tanto así, que siempre pensé que volvería a verla. Aunque se cumplió el sueño. En una foto de un diario y tendida en el suelo de un cuarto de baño cualquiera, con la venas abiertas y cuestionándose dónde estaba no sé quién.

El personal de la recepción de la aerolínea me despierta con un nuevo aviso. Han encontrado, no sé cómo, una *pequeña avería* en las líneas que llevan el combustible del tanque a las turbinas de este. Continúa el anuncio comentando que fue encontrada, la *pequeña avería*, por la ágil y escrupulosa inspección a la que son sometidos cada uno de los aviones de la flota de la compañía. La misma ha comenzado la reparación de dicho desperfecto, piden disculpas por enésima vez, siempre piden disculpas, y que, por favor, siempre por favor, entienda que es por la seguridad de la tripulación y de todos los pasajeros, que es lo más importante en circunstancias como esta. En otras palabras, había otro diminuto retraso en la hora de salida. Lo que más me gusta de este mensaje es la decisión de utilizar el eufemismo "diminuto" como adjetivo de retraso. Todo esto implica que los pasajeros, por seguridad, debemos esperar no sé cuántas horas más. Ahora sí tengo mucha hambre; estoy cansado, molesto, y no veo en un futuro próximo la hora para abordar este accidentado, en muchos sentidos, vuelo. Miro hacia el frente, buscándola, no la veo inmediatamente y continúo. Me percato que camina dirigiéndose cerca de mí, parece averiguar dónde están los baños o un sitio para comer, ya que la espera será larga. La sigo con la mirada, pero no se da cuenta de la misma, ni que estoy sentado a su izquierda mientras camina. Sigue andando por el aeropuerto hasta que la pierdo de vista. Pude observarla mejor cuando pasó próximo a mí, sigue igual de hermosa, los ojos, las facciones no han cambiado tanto como imaginé. Pero me di cuenta de que está totalmente sola. No la vi despedirse de alguien. Nadie la acompañó en su caminata. Carga una mochila, igual que yo, que solo llevo una pequeña con lo necesario, como siempre digo, para sobrevivir. Ilona posee un andar pausado, calmado, con una seguridad como le he visto a pocas personas. Se desliza con una confianza en sí misma, sigue iluminando el camino y no puedo dejar de mirar las personas que van quedando a su alrededor. Estos, observan detenidamente a ese ser que les pasa por el lado, asombrados, permanecen anonadados, cuestionándose de qué está hecho. Es sorprendente admirar que no ha perdido esa luz, esa brillante aura, difícil de definir. Creo que eso fue lo que me llamó la atención en la escuela. Solía sentarse en la parte posterior de los salones, junto a sus inseparables amigas. Yo las veía entrar al aula, siempre sonrientes, hablando entre sí. Al inicio de ese año académico, las conocía porque las había visto en el patio central de la escuela. Aunque estuviéramos en el mismo grado, me encontraba ubicado en otro grupo. Al pasar de grado, entré en la clase que pertenecían Ilona y sus amigas. Tardé varias semanas en hacer amigos en este nuevo ambiente, había grandes diferencias entre el resto y yo. Mis intereses eran otros, además de gustarme las fiestas y pasarla bien, tendía a disfrutar más de las lecturas y del cine. Algo que mi país no promocionaba con entusiasmo, ni en aquel momento y menos ahora, que la Historia nos ha movido a aguas más profundas y las prácticas culturales no tienen cabida en la esfera de un poder cada día más difuso. Pero a mí siempre me llamó la atención la literatura y el cine, lo demás, anda como el país. Por tanto, las conversaciones con los otros estudiantes que iba conociendo siempre giraban en torno a los autos, las chicas y la música. No era que me aburriera mucho, pero en ocasiones se me hacía difícil mantener diálogos mayores de media hora. Esto motivaba a que gran parte del tiempo anduviera solo por la escuela; caminaba por el patio, visitaba la biblioteca, otras veces me invitaban a practicar algún deporte, decía que sí, jugaba un rato y luego seguía en mi onda. No puedo indicar con precisión que esa incomunicación, que transportaba de un lado a otro, le llamara la atención tanto a Raquel como a Ilona. Si no me acuerdo mal, fue Raquel la primera que me habló en la clase de Biología. Me preguntó, directamente, si había estudiado para la prueba corta que teníamos ese día. Pero se sorprendió de sobremanera de mi contestación —*Yo no sabía que había prueba corta hoy*. Se rió, con una sonrisa que todavía hoy extraño, se presentó y me dijo que no me preocupara, que me iba a ayudar. Estableció unos puntos y unas reglas que encontré increíbles. Primero, debía tomar la hoja del examen y no escribir el nombre en esta. Segundo, ella contestaría toda la prueba y yo la dejaría en blanco. Tercero, al terminar, ella tocaría mi espalda, y por nuestro lado izquierdo intercambiaríamos las hojas de los exámenes. Eso es todo, me dijo, y que debía estar tranquilo porque todo sería rápido y la maestra no se daría por enterada. Eso sí, por favor, que no fuera tonto y entregara la prueba contestada por ella, si no que borrara las respuestas y sus rastros, y que luego escribiera con mi puño y letra las contestaciones que ella hubiera escrito. Sin ningún tipo de intención, íbamos a crear nuestro primer palimpsesto. Claro está, esto no venía gratis, existía un precio. Raquel me preguntó si era bueno en las materias de Lengua y Literatura, Historia y Matemáticas. Le contesté que sí, que las disfrutaba mucho y que tenía buenas calificaciones. Así se cerró el trato. Nuestras hojas parecían verdaderos palimpsestos, la escritura de uno cubría lo ya escrito por el otro. Y lo que comenzó con pruebas cortas y exámenes, continuó con pequeñas notas y textos sobre otras materias mucho más profundas. Ahora puedo decir, que lo nuestro fue una amistad nacida y desarrollada a través de la escritura. Y, por supuesto, por el hecho de salir bien en todas las clases. En mi interior sabía que no necesitaba de la ayuda de Raquel y, viceversa, ella no necesitaba en lo absoluto de mí para tener éxito en los diferentes cursos. Pero ese primer plan, maquiavélico en todos sus confines, me resultó terriblemente maravilloso. Algo que en la vida uno nunca debería negarse. Entre pruebas y trabajos escritos, fui acercándome a Raquel, conociéndola, interesándome por todo lo que era ella. En el caso de Ilona, fue distinta la forma en que primero nos acercamos. Ese primer encuentro formal aconteció en la biblioteca de la escuela. Desde que la vi por primera vez en el patio, en la hora de almuerzo, me llamó mucho la atención. Su caminar, su larga cabellera negra, que en alguna ocasión llegó hasta la cintura. Sus grandes ojos negros, su sonrisa y, ante todo, la manera que miraba a las personas al hablar. Es algo extraño en una muchacha de quince o dieciséis años. Ella le brindaba toda la atención a lo que los otros le decían, era como darle un cierto lugar, una importancia. Por eso no era de extrañar que los demás estudiantes y amigos gravitaran a su alrededor. Era el centro de un firmamento que se nos hacía más pequeño y asfixiante. El país cambiaba, pero nosotros tratábamos de disimularlo, aunque en mi casa, como en tantas otras, eran evidentes los sucesos y los inmanentes cambios en una sociedad habituada a la inercia.

Como comenté, fue en la biblioteca que me topé directamente con Ilona. Pasé rápidamente por su lado, me coloqué en el otro pasillo, desde donde podía divisar la portada del libro que leía. Era una vieja edición de recopilación y de traducción al español, realizada por un poeta mexicano, de varios poemas de Fernando Pessoa. Lo reconocí en seguida, era uno de los pocos buenos libros que esa biblioteca tenía, y, aunque con muchos años, la edición con portada amarilla se mantenía nítida, ya que nadie la leía. Excepto Ilona y yo. En ese momento me quedé petrificado, en una escuela donde nadie lee, donde nadie le interesa la literatura, una persona tomaba un libro de Pessoa. Los pocos libros que se trabajaban eran los textos obligados en las clases de Lengua y Literatura e Inglés. Aunque la gran mayoría de los estudiantes indagaban hasta el fin del mundo por los compendios de esos libros. Era un hecho curioso, muchos de estos estudiantes tampoco terminaban la lectura de esos resúmenes. Así que observar a la chica que te interesó, escoger un libro de poemas, fue una grata e inusual noticia. Cambié de pasillo, me situé frente a ella, y le pregunté qué estaba leyendo. Me dijo el título del poema, y, hasta el día de hoy no sé todavía por qué lo recité completo de memoria, con sus pausas, acentuaciones, sus vacíos y su cadencia. Luego hubo un gran silencio entre los dos, me di cuenta de lo que acababa de hacer y me fui caminando velozmente de la biblioteca. Posteriormente no podía mirarla a la cara cada vez que entraba a los salones con sus amigas. El tener que enfrentarme a ella se convirtió en otro gran temor.

La diferencia entre Raquel e Ilona radicaba en el solo hecho de que con la primera la amistad se había formulado por casualidades, tal vez, por la falsa necesidad de poder pasar los cursos. Era la gran excusa para poder continuar mis comunicaciones con Raquel; de todas maneras, fue, se podría decir, un acercamiento fortuito. Yo fingía necesitar su ayuda para pasar con buenas notas los exámenes, pero me dejé llevar por su marea, y surgió lo que surgió. Sin embargo, con Ilona fue distinto, el encuentro fue una oportunidad, inédita, impulsiva, algo no conocido por mí. Me sorprendió al tiempo que me asustó. Me acerqué a la muchacha que me gustaba, me da por recitar un poema, y luego salí azorado de la escena del crimen. Sin más, no la dejé hablar, no sé si iba a emitir algún comentario o si quería enviarme sin billete de regreso al carajo o si quería darme una bofetada por intruso, por metiche. Nada de eso ocurrió, mis piernas no permitieron que algún ítem de esa vergonzosa lista pasara. Ocurrió algo peor. Corrí, como si hubiese realizado un acto impuro, pecaminoso, una ofensa. Me fui con más rapidez que ligereza. Cada vez que ella entraba con sus amigas a los salones, y, para colmo, compartíamos casi todas las clases, buscaba la forma de ocultarme, que no se diera cuenta que todavía yo existía. La noción del fantasma o, por lo menos, de lo fantasmal como representación de una existencia llegó a mi mente en varias ocasiones. Mientras tanto yo me adelantaba a mis clases para ver si se había sentado Raquel, y para aquel lugar me dirigía, siempre en el asiento delante de ella. Nos sonreíamos, esa sonrisa de confidencialidad, esa perenne sonrisa de complicidad. Aquella que había calado en mí, y que cobraba a cada instante una importancia suprema.

Exactamente dos semanas después de hacer aquel patético *performance* en la biblioteca, me llegaron las primeras notas personales de Raquel. Estas, las primeras, eran de un corte emocional; por ejemplo, que no se sentía bien, que se encontraba triste por diferentes razones. Pensé que no tenían mayor relevancia, al menos las consideraba así. Le contestaba rápido, con algún mensaje más relajado, positivo, nada transcendental. Le comentaba que todo iría mejor, que eran cambios que todos sufrimos, entre tantos otros mensajes. La nota regresaba a mí con frases de agradecimiento, que era un gran amigo, que podía confiar siempre en mí, que le alegraba tenerme. En un momento preciso, en uno de esos instantes que quedan grabados en la piel, Raquel me tocó la espalda, como es costumbre, para que mi brazo izquierdo bajara y se le acercara para tomar una de las hojas de papel. La recibí en mi mano y cuando movía mi brazo para colocar mi mano sobre el escritorio del asiento y leer el escrito, noté, dos filas a la izquierda, la intensa y curiosa mirada de Ilona. Era la primera vez que una persona, una chica para ser específico, me había mirado con esa intensidad. Ni tan siquiera en el acto heroico y poético de la biblioteca había sentido una mirada tan aguda. No supe cómo reaccionar, así que con la misma mano que portaba la nota, le brindé un saludo totalmente idiota; pendejo hubiera sido un mejor adjetivo para tal acto. No sonreí, sin más, saludé como reina de belleza que acaba de ganar su corona. Bochornoso por demás, pues no fue una mirada de una muchacha, fue una mirada madura de mujer, de alguien mucho mayor que Ilona. Luego de la segunda vergüenza, decidí abrir la nota de Raquel y, para continuar con las sorpresas, esta decía lo siguiente *No sé qué le pasa a esta tipa, pero no ha dejado de observarte durante toda la clase, Raquel.* De inmediato recordé que no le había contado lo del suceso de la biblioteca. Algo en mi interior se alegró brevemente, y escribí en la nota *No sé qué pasa, no la conozco, solamente es compañera de clase.* La envíe de vuelta. Recibí una contestación prontamente *Sería bueno invitarla a que mire a otra parte, ¿qué te parece a las pintas del carajo? Raquel.* Me reí de la ocurrencia y regresé al diálogo garabateando *Ni tanto, a lo mejor está aburrida con las clases, eso es todo.* La tuve nuevamente en el pupitre *Pues mira a ver, quítale el aburrimiento y conviértete en héroe y, al menos, salvas a alguien de este infierno llamado escuela.* En esta última intervención no terminó con su nombre; señal que interpreté como el fin de la conversación gráfica entre ambos.

Dos días después, un viernes en la tarde, decidí iniciar con la escritura de la nota, preguntándole por qué no me había escrito en los días anteriores. En aquella ocasión me senté detrás de ella. Toqué, tenuemente, su espalda, algo que no me había atrevido jamás. No se movió, no giró hacia mí, en fin, no me hizo el mínimo caso. Pensé que no sintió mi mano en su espalda. Resolví llamarla, primero en voz baja y luego en un volumen mayor. No se dignó en mirar hacia atrás, estiró su brazo derecho y recibió mi papel. En él, yo le preguntaba sobre su silencio en los pasados días, que no sabía nada sobre ella, cosas de ese estilo; sencillas, directas, y con un tono ligero, pero con cierta preocupación. Escuché los estridentes ruidos emitidos por una hoja de papel cuando es partida, dividida en mil pedazos. Estiró, nuevamente, su brazo derecho, coloqué mi mano bajo su puño cerrado, lo abrió y dejó caer en la palma de mi mano cientos de trozos de lo que fue mi intento por comenzar una nueva conversación. En un principio me molesté, ya que no entendía lo que le pasaba. Sobre todo el gesto mismo de romper la nota, causó una molestia que fue transformándose en dolor. No comprendía si había obrado mal, y es más, no observé en mi postura la escritura de algo diferente. Yo seguía con una vieja costumbre que fue manifestándose libremente entre los dos. El acto de Raquel fue categórico, enérgico, puso al descubierto un carácter que podría llamar hostil. Bueno, ahora, desde la distancia, lo puedo ver así. El sentir los múltiples papelitos en la palma de mi mano derecha, tuvo la gracia de enviarme de nuevo al espacio del rechazo. Algo que había superado precisamente con su amistad, con nuestras confidencias, con nuestras pláticas escritas. No sabía qué hacer, qué decir, no era tiempo para reprocharle lo ocurrido, consideré que no ganaría nada haciéndolo. Tomé los pedazos de la nota y los deposité en el bolsillo izquierdo del pantalón del uniforme escolar. ¿Por qué guardarlo y no botarlo? De verdad, no tengo contestación diáfana para esa disyuntiva. Tal vez puedo pensar que en aquel preciso instante había comenzado a valorar lo que escribía, tanto en las libretas de clase, que todavía conservo, hasta la más mínima mierda que escribiera en cualquier otro lugar. Luego de ese suceso, inicié el proceso de guardar todo lo que escribía, el mensaje que Raquel destruyó impetuosamente, y nuestras otras notas, finalmente todo. Ese viernes en la noche, al llegar a mi casa, conseguí una de esas bolsas transparentes que se utilizan para guardar la comida en el refrigerador y eché en esta cada uno de los trozos de la nota. Fui a mi cuarto, busqué una caja vieja de zapatos y coloqué allí la bolsa. Mientras hacía ese ritual, no dejaba de meditar, una y otra vez, en la inesperada acción de Raquel, estaba seguro de mi cara de perplejidad. Después, en el salón de clase y durante el resto de la lección, permanecí en silencio, no contesté ninguna de la preguntas que la maestra insistía en hacerme. Terminó la clase, y Raquel tomó su mochila, ni me miró, y salió apresuradamente del salón. Al tiempo que guardaba la pequeña bolsa en la caja de zapatos pensé en llamarla, cuestionar su excesiva reacción a un escrito totalmente inofensivo. No me atreví. Por el contrario, llamé a algunos amigos, y esa noche fuimos a una de tantas fiestas que marcaban el inicio del fin de semana; festejos en donde reinaba la música electrónica y sus pocos derivados que conocíamos en aquel tiempo. La gente iba adquiriendo y vistiendo, con más frecuencia, ropa negra, y los bailes se transfiguraban en grandes celebraciones de la incipiente música que íbamos apreciando cada vez más, pero que pocos de nosotros bailábamos. Buena música y las chicas vestían sus mejores trajes, y nosotros, con nuestros pantalones de pana y las camisetas, aunque ahora hay muchos que lo reniegan, pero hay fotos que prueban lo contrario. Estas fiestas eran verdaderos desastres, en cuestión de la organización, ya que las personas se enteraban por amigos de amigos, y luego se llenaban a tope. Las amenizaba cualquier DJ, usualmente algún estudiante de la misma escuela, y siempre sonaba la misma música: Erasure, Depeche Mode, Pet Shop Boys, New Order, entre tantos otros. En la pista de baile, la misma historia: todos formaban un círculo, pero nadie se atrevía a bailar, a ser el iniciador, el que rompiera el hielo. Con frecuencia una pareja iniciaba, y luego, de a poco, las demás parejas se acercaban y tiraban sus movimientos en la pista. El redondel se iba agrandando con un gran número de bailarines. Por supuesto, mis amigos y yo, tardábamos demasiado en entrar o en ser aceptados en ese exclusivo círculo. Nos movíamos por los alrededores del local, a ver si alguna muchacha, aunque fuera por compasión, aceptara bailar una sola canción. Paulatinamente el grupo iba desmantelándose cuando mis amigos encontraban pareja, mientras yo observaba a los demás danzando. Aquello no era precisa y necesariamente coreografía bien estructurada, la música estaba en un volumen alto, y la gran mayoría de las personas expresaban distintos movimientos sin ritmo alguno. En realidad, la idea primordial era pasarla bien. Todos sonreían, señalaban, burlonamente, a los que no tenían ni la más mínima idea de lo que estaban realizando. Esa noche, en la vuelta número diez (por ser modesto), y después de múltiples rechazos, me detuve (ya comenzaba a marearme) y decidí disfrutar de las acrobacias de los amigos, las maromas sin sentido, cuando, de repente, la música electrónica se detuvo. La gente comenzó a aplaudir porque sabían que había llegado el periodo de la música lenta, las famosas baladas pop en inglés. Nosotros, en nuestra humilde ignorancia, le llamábamos la hora de los boleros. Era el mejor momento de la fiesta, ya que los cuerpos totalmente sudados, se juntaban, se pegaban, en un ritmo lento, acomodaticio, una forma de comunión entre estos y la música. Y si yo no había bailado hasta ese momento, menos en ese periodo. Cuando me dirigía a una de las mesas, sentí un brazo que coronó mi cintura. Giré, y vi el hermoso y sonriente rostro de Raquel. Se había maquillado con cierta sutileza, pero me sorprendió el pintalabios color carmesí que llevaba puesto, y que resaltaba intensamente el vestido blanco que decidió utilizar esa noche. Me emocioné como nunca; me alegré. Tomó mi mano derecha y me llevó, con mucho cuidado, al famoso círculo. Nos abrimos paso entre la multitud de parejas e iniciamos nuestro baile. En el fondo del salón escuchábamos una de las baladas de moda, mientras Raquel y yo, vivíamos nuestra intimidad, nuestra aproximación. Una suerte de voluptuosidad, de una sensualidad que iba despertando, guardada hasta ese momento en los confines de la timidez. Era la primera vez que bailaba una pieza lenta; ella había colocado sus brazos por encima de mis hombros, y con sus manos juntas, abrazaba mi cuello. No sabía bien qué hacer en esta situación, así que decidí otear a las demás parejas, primero para conocer en dónde y, ante todo, cómo poner mis manos, y luego aprendí los pasos que se repetían hasta el infinito. Puse mis brazos alrededor de la cintura de Raquel, que fue acercándose hacia mí. Ella me miraba y yo, nervioso, le devolvía una tímida sonrisa. Su cuerpo se acercaba aún más, el punto climático de la canción llegaba, habitualmente era un solo de guitarra eléctrica, y volvía al puente del coro, que se repetía una y otra vez. Las parejas se balanceaban rítmicamente y nosotros definíamos nuestro movimiento. En un parpadear distraído sentí todo el cuerpo de Raquel pegado al mío, regresando a esa aproximación de la que hablaba, a la voluptuosidad. Dos seres que se funden en un sencillo baile, pero que cruzan el origen de una intimidad perdurable; el instante que dura una canción puede marcar el tiempo de una vida. Raquel apoyó su cabeza en mi hombro izquierdo y vibré cuando mi garganta comenzó a calentarse por la cercanía de su respiración, pausada como la balada que bailábamos. En estas circunstancias el tiempo parece florecer en otros lugares, esa fiesta de un viernes cualquiera me regresó nuevamente a la profundidad del mar. Una infinita quietud nos rodeó. Su nariz rozó levemente mi cuello y el sudor de su frente se amoldó a las gotas del mío. Un solo sudor, un solo ritmo, un solo océano. El movimiento junto a Raquel me transportaba a esa plácida zona. La cercanía de su cuerpo despertó una sensualidad que nunca se callaría, que nunca reposaría. Dejé que mis manos corrieran un poco por su espalda descubierta, que se unieran al sudor que se manifestaba por todo su dorso y que en definitiva tuvieran en mis manos su rumbo. Creí sentir sus labios cercanos a mi cara, cuando inicia el piano, que marcaba, como casi todas las baladas, el final de la canción. Nos quedamos abrazados luego de concluida la pieza. Alguien encendió las luces y el DJ anunciaba el primer descanso de la noche. Sentí una angustia al separarme de su cuerpo. Nos miramos fijamente a los ojos y ella, como siempre, me sonrió. Pero hizo algo que me desconcertó, puso la palma de su mano derecha primero sobre mis ojos, luego la bajó a mi nariz, siguió ese movimiento hasta llegar a mis labios. Al abrir los ojos, noté lo que era el comenzar de una lágrima en Raquel. Con mi dedo índice de la mano derecha, recogí la lágrima y me la llevé a la boca. Por qué hice ese gesto, todavía no he podido contestarlo. Sé que nació y fluyó con una naturalidad asombrosa. Las luces ya iluminaban mejor su rostro. Quise besarla, pero eso, no fluyó. Me comentó que debíamos buscar a nuestros compañeros, además algo para beber. Luego de conseguir las bebidas, nos dirigimos a una mesa que se encontraba vacía. Tomamos los refrigerios sin decirnos ni una palabra. El silencio puede incomodar en ocasiones, pero también puede acrecentar las emociones vividas. En mí sucedió lo segundo. A decir verdad, no pude comentarle nada sobre la formidable experiencia y cómo su cuerpo me tomó por sorpresa. Lo había admirado en secreto, había oído comentarios sobre él, cuando los compañeros de clase nos reuníamos en el patio de la escuela. Pero su proximidad, su apertura a nuevas sensaciones, hizo colapsar, por cuatro minutos y medio, todas mis inseguridades, mis temores. Era otro, ese otro que había soñado. Seguí divagando en lo que me ocurría, cuando Ilona y sus amigas preguntaron si podían sentarse con nosotros. Respondí que sí, mientras Raquel permaneció en el mutismo. Sentí su mirada, la correspondí. Ya compartíamos muchos secretos escritos en múltiples papeles, pero esa noche escribimos el más íntimo en nuestros cuerpos. Las amigas de Ilona iniciaron la conversación comparando fiestas anteriores, los colores escogidos, la música, los trajes de las demás muchachas. Todos concluimos que aquella noche había sido la mejor de todas. Raquel se puso de pie, se disculpó, tenía que ir al baño, le pregunté si quería que la acompañara, pero se negó a mi ofrecimiento, me dijo que me quedara en la entretenida conversación. Se acercó a mí, y, al oído, me susurró sutilmente: *Ya te extraño*. La noté alejarse y confundirse con las demás personas sin comprender a primera instancia qué quiso decirme con esa frase. Volví a sentarme, dirigí la mirada a Ilona, parecía no interesarse mucho por la plática. Pensándolo bien, no cruzó palabra con sus amigas y menos conmigo. Me preocupé por la tardanza de Raquel y fui a buscarla. Pregunté por ella, luego le pedí a una muchacha que fuera hasta dentro del baño, al salir de revisarlo, me comentó que no estaba allí. Se había ido. No se despidió, no habló sobre el baile, sobre ella, sobre nada. Decidí esperar hasta el lunes para preguntarle qué le había sucedido. Dudé en tres o cuatro ocasiones durante el fin de semana si llamarla, pero no sabía cómo iniciar la conversación. Me convencí de que lo mejor era esperar el lunes en la mañana en la clase de Lengua y Literatura, y escribirle lo que sentía por ella. Se me haría más fácil poner en palabras todas las emociones de un solo baile, de una sola canción. Nunca tuve la oportunidad de hacerlo. Ese día la maestra nos dio la noticia de que Raquel tuvo que darse de baja de la escuela, había partido a los Estados Unidos con su familia.

Respiré con profundidad y sentí un fuertísimo dolor en la parte baja de la espalda, que corría por toda mi pierna derecha. Perdí la noción del tiempo que llevo sentado en esta dura butaca. Me levanto, estiro los brazos hacia arriba, comienzo a caminar cerca de la hilera de sillas donde se encuentra sentada Ilona. Por ahora, no dejo de mirarla, pero no quiero encontrarme de frente con ella, no tengo nada que decirle. Advierto un pequeño bar a poca distancia de la sala de espera, tomo mis revistas y mi mochila y cruzo con rapidez el espacio que divide ambos lugares. Me acerco y solamente veo a un comensal perdido entre los matices y los movimientos de un partido de fútbol que resalta el tamaño del televisor de plasma incrustado en el centro del bar, un aparato que cubre gran parte de la estantería de licores. Sigo caminando hasta el final de la barra. Presumo que me quedarán alrededor de cuarenta y cinco minutos antes de la salida del vuelo si no antecede algún otro suceso. La barra es atendida por una muchacha alta, rubia, de un cabello muy corto, pero que resalta muy bien su perfil. Le pido una cerveza de barril y la carta. Abro el menú para comprobar que es idéntico a tantos otros de los restaurantes en los aeropuertos, aquellos en donde he habitado muchos años de mi adultez. Mi trabajo me requiere de continuos viajes, en ocasiones hasta dos veces por semana. Por ejemplo, en un semana tengo que ir a Lisboa la otra me encuentro en Chicago o en Barcelona o en Río, en fin, en muchas ciudades y con poco tiempo. Así que los aeropuertos se han convertido en pequeñas ciudades donde convivo con distintas personas, que al igual que yo, tienen que estar en un perpetuo ir y venir. No me quejo, o por lo menos no me quejaba cuando comencé en el empleo. Era una experiencia que necesitaba; el hecho de salir del país con una asiduidad constante era un valor añadido a mi trabajo. Sonará como un cliché, pero no encontrarse mucho tiempo en el lugar donde la soledad se hace demasiado presente era un privilegio en aquellos días. Tengo ya muy pocos amigos, a punto de firmar los papeles para materializar mi segundo divorcio. Estoy solo, por tanto, estas otras ciudades ofrecen una solución rápida a mi realidad. Lo único que no necesitaba son las largas horas de espera, un tiempo muerto que motiva a la divagación, a los cuestionamientos más absurdos y, de seguro, a la apertura de las compuertas de la memoria.

Llamo a la muchacha rubia del bar y le pido un sándwich de rosbif con papas fritas. Todo bien saludable, otro problema de convivir en los aeropuertos: las mismas comidas, el mismo menú, la misma mala alimentación. Continúo en la enumeración cuando observo a Ilona acercarse a la puerta del bar. Con una insólita rapidez, giro la silla, para dejar mi espalda en dirección de la puerta. Tomo mi mochila, la coloco en mi regazo, hago que busco algo, casi guardo mi cara dentro de esta, como si quisiera entrar en la misma. En ese preciso momento llega la chica rubia con un enorme sándwich, le doy las gracias con una voz distinta y con un volumen bajo. Me pregunta si deseo ketchup para las papas fritas, le digo que no, parece no escucharme porque vuelve a hacer la misma pregunta, y le contesto, nuevamente, con un no enérgico y denotando un poco de coraje. Ella se queda frente a mi gigantesco sándwich y me comenta: *¡No me tiene que gritar! Estoy muy cerca, además, la mujer del cabello negro ya se retiró de la puerta.* En un momento de indignación, mejor dicho, bochorno, respiro, nuevamente, profundo; el acto que siempre realizo cuando estoy incómodo. Vuelvo a respirar, miro a la encargada del bar y los guiños de ironía se van reflejando en su cara con la media sonrisa que dibuja. Suelto la mochila en el suelo del bar, instalo los codos en la barra y llevo mis manos a mi rostro. La vergüenza debe haber pintado de cierto color mi cara, que trato de cubrirla lo más pronto posible. La muchacha sigue en el mismo lugar, estira uno de sus brazos y con su mano retira las mías de mi cara. Continúa mirándome, no sé qué decirle, es una situación difícil, jocosa para ella, pero penosa para mí, además mi actuación no es menos que pueril. A lo mejor sigo en la etapa de la pubertad y nadie ha tenido la delicadeza de advertírmelo. Golpeo ligeramente la barra, y con los dedos de la mano izquierda hago unos movimientos sobre el tope del bar que generan un cierto ritmo en la madera de este. Gesto que molesta al comensal que se encontraba instalado en el juego de fútbol; este se voltea y me dirige una mirada de una bravucona ferocidad y lo único que pude pensar fue: *Me jodí.* Mis dedos automáticamente se detienen, la mesera espera por algún comentario, mantengo mi silencio y con él una espontánea dignidad. Ríe y comenta *Que le aproveche el sándwich, y que el desamor le deje disfrutar de sus papas fritas.* Graciosa la chica. Se retiró, y me dejó con la ansiedad a punto de salir. Terminé en tiempo récord, pagué, y aunque había cruzado una línea muy personal, le dejé una buena propina a la rubia del bar. Al otro comensal, al del fútbol, le recordé a su familia con mucho entusiasmo y en total silencio.

Luego de casi un encuentro o desencuentro con Ilona, de las iluminadoras palabras de la mesera, de la posibilidad de que un hincha del fútbol me partiera hasta la madre, salí del bar espiando cada rincón de la sala de embarco. El camino estaba despejado para poder andar con cuidado, proseguí, no sin un pequeño temor que latía en la parte frontal de mi cabeza. He viajado, y mucho, a los lugares que solía ver en los canales dedicados al turismo, esos mismos canales en los que el espectador queda maravillado por la exótica vida que lleva algún necio. Esos mismos televidentes que noche tras noche se sientan frente a un aparato para ver las aventuras de otros, la posibilidad de otra vida llena de aventuras, de parajes exuberantes, de vistas maravillosas, de manjares inimaginables, entre otros simulacros de placeres. Para luego levantarse a las 4:30 a.m. todos los días, despertar a las niños, hacer el desayuno, prepararlos para la escuela, revisar los guardarropas, saber qué ponerse, qué calzar, ir por las mismas carreteras, trabajar en las mismas oficinas y regresar dócilmente a la misma rutina el siguiente día. En ocasiones envidio esa existencia; saber qué hacer, compartirlo con alguien, y vivir siempre en el espacio de los sueños. He podido viajar, como he comentado anteriormente, pero no he vivido, dejé de soñar hace mucho, tanto que no puedo recordar el momento preciso. He vivido con temor a la vida misma, en otras palabras, no he vivido aún. Yo también generé una cierta rutina, igual que el televidente nocturno; solo que esa rutina se reviste de una profunda soledad, los gestos rutinarios no son compartidos, las ensoñaciones ya no están. Mi trabajo, que en el principio fue mi salvación, ahora es el que me recuerda todo lo que he perdido. Ya los contados amigos solamente los contacto a través de la redes sociales, pero qué tienen de social una pantalla, un teclado y una colosal distancia entre las personas. En momentos la usé diariamente en los lugares que tenía que visitar por el trabajo. Se me hizo difícil comunicarme con mis padres y los amigos que habían sobrevivido los naufragios de las carreras universitarias. Pero los horarios disímiles crearon un desfase entre, cuándo yo podía comunicarme y las horas en que ellos podían hablar. Y utilizaba menos el teléfono móvil por las mismas razones. Día a día fui perdiendo el contacto con la familia y los amigos; terminábamos reuniéndonos, con alguna suerte, una vez al año. Comentábamos las historias luego de la escuela, de los compañeros que ya no estaban, de quién se había casado, quién se había divorciado, quién tenía uno, dos o tres hijos Recordábamos fugazmente experiencias pasadas en la secundaria, rememorábamos los mismos chistes, ocurrencias y maldades. Para luego pasar a hablar de estudiantes particulares, los que llevaban los uniformes de cierta manera, los apodos, para llegar, finalmente, a las maestras y sus formas de dirigirse a nosotros, sus regaños, la cantidad de veces que juraron y amenazaron con cancelar la graduación por nuestra conducta, los trajes ajustados de algunas, los trajes abultados de otras, los sobrenombres que le asignábamos a cada una, algunas por su belleza, a otras para la falta de esta. Año tras año iba viendo los idénticos rostros de los antiguos amigos. Para muchos era necesario asistir a esas reuniones, vivir de los recuerdos, subsistir de una memoria cada día más porosa, que debía reciclarse en cada ciclo. Las historias, inconscientemente, tomaban distintos matices en cada velada, alguien editaba, añadía, quitaba crónicas, para irlas adecuando a nuestro crecimiento, a la poca madurez que poseíamos todavía, a la inmune ignorancia con que vivimos los peores años de la era de Reagan. Ninguna persona hablaba de él cuando nos veíamos, era como si no hubiera existido. Sin saber a ciencia cierta que todo lo que somos ahora está vinculado directamente con lo que rememorábamos anualmente. Luego de pasar lista, de cotejar los apodos y las viejas bromas, llegaba el momento crucial de escuchar música. Por supuesto, los mismos grupos y sus incansables canciones, las que escuché la última vez que vi el hermoso y misterioso rostro de Raquel. Siempre al inicio de las conversaciones con los demás, nos reímos, bailamos, compartimos, cenamos, hasta que hay alguien, y nunca falta quien, pregunta directamente por Ilona. Que si la he visto, si sé en qué lugar vive ahora, qué hace para ganarse la vida, estará casada con el mismo tipo, tendrá hijos y cuántos. Por costumbre, repito la misma contestación: no sé nada sobre ella. Gracias por preguntar. Al terminar esas reuniones, me siento en mi auto y antes de ponerlo en marcha, reflexiono sobre algo que me altera de sobremanera, muchos se han convertido en esas personas ansiosas por encender el televisor para soñarse otras vidas posibles, noche tras noche. Por un tiempo yo huí de esa perspectiva, pero sé que en lo más profundo deseé pertenecer a esa masa que solo sueña, mientras las lámparas siguen apagándose.

Regreso con presteza a mi asiento, verifico si la hermosa cabellera negra sigue en la misma butaca. Respiro profundo. Busco en mi mochila el reproductor de música, me coloco los audífonos en mis oídos, lo enciendo, indago en este deslizando mi dedo índice sobre la pantalla, para ver rotar, de izquierda a derecha, las diferentes carátulas de los discos grabados en él. Me decido por una compilación de éxitos de New Order, deslizo nuevamente el dedo índice hasta llegar a la canción número seis y presiono. Me acomodo lo mejor posible en la butaca y me dispongo a escuchar, en un volumen alto, la canción seleccionada. La música y su cadencia parecen poseer la virtud de la evocación. En cualquier situación en que nos encontremos en la vida, asiduamente regresamos a la música, a su encanto, a la forma humilde en que nos traslada en espacio y tiempo. Tiene esa peculiar característica de transportarnos, de desplazarnos de los lugares turbios o engorrosos. No podemos olvidarnos de las discusiones sobre su poder de enajenación, aunque me incomodo con ese tipo de comentarios desinformados, se me hace más accesible hablar en términos de la palabra *transferencia*, de movilidad. La música nos permite, en cierta forma, un aislamiento consentido, aprobado de antemano por nosotros. Si no, preguntemos cuándo encendemos el radio, cuándo subimos el volumen del mismo para escuchar mejor una canción en específico. Evocamos en los sonidos las emociones que hemos ido perdiendo, dejadas en el camino de nuestra futilidad. Pienso todo eso, y la música va instalándose en mi cuerpo a través de mis audífonos, moviéndome, halándome, sacándome del marasmo de otra larga espera e insiste en llevarme, nuevamente, al segundo piso de la escuela, al salón de la clase de Historia, en donde una preciosa muchacha sigue llorando, tiritando por algo que ha conmovido todo su cuerpo. Yo sigo frente a ella, en una escena que nunca planeamos, por tanto desconocida, digamos abrumadora, para la edad que ambos poseíamos. Cada una de las lágrimas que fluyen por todo el rostro de Ilona serán los caminos que guiarán la mayoría de mis recuerdos. Totalmente desarmado, sigo acercándome a su fulgurante cuerpo. Se le hace imposible mirarme a los ojos, esquiva mi mirada, coloca la suya en el suelo del viejo salón, la mueve, la lleva a la fila de pupitres que están ubicados detrás de mí. Solloza, y me altera ese quejido, ese desconsuelo, ese derrumbe de la persona que yo había conocido. La que decidió conocerme, averiguar quién yo era, no por comentarios de los necios, si no de primer orden; escuchándome, compartiendo conmigo cada uno de esos segundos que se disuelven ahora en lágrimas. Me acerco un poco más, desconozco qué hacer y todavía menos qué decirle. Tenía vagas ideas de lo que le ocurría y, nosotros dos, que nos contábamos todo, casi todo, no teníamos cómo comunicarnos con palabras. Solo era ella quien hablaba mediante su aflicción, a través de los ríos que brotaban de sus enormes ojos negros. Su vulnerabilidad me estremecía, esa cara que siempre había anhelado se me hacía desconocida. Había abierto las fuentes de sus sentimientos, aquellos que llevaba guardados, en secreto, nunca compartidos directamente conmigo. Cuando no pude más, decido mirar al suelo, antes de llegar a este, noto que en la mano derecha de Ilona hay un puñado de papeles que puedo reconocer. Los observo detenidamente, y sí, esas hojas a las cuales se aferra hasta el extremo de ir doblándolas, son los escritos y los poemas que por semanas fui escribiéndole, dejándoselos en su mochila, en las libretas que le solicitaba como excusa para revisar alguna tarea, a través de sus amigas, que, a pesar de jurarme que le llegarían sin ellas haberlas leído, me mintieron. Están los papeles amarillos, confiscados en la clase de Química, y llevados a la oficina de la exquisita y siempre hipócrita directora. Esos papeles que eran la clave para mi expulsión de la escuela, y que la siempre santa secretaria retiró una noche de otoño del escritorio privado de nuestra señora, la directora, para luego llegar directo a las manos de Ilona. Porque eran para ella, para ser leídos y vividos por ella. Allí se encontraban todos esos escritos, todos los que me habían iniciado en el terrible vicio de la escritura, permanecían, en aquel momento, sujetados fuertemente por ella. De igual manera, la emoción con que recibió cada uno de ellos, la sutileza que le brindó a todos, las sonrisas que desataron, los insomnios, las esperas, las dulces entregas, se habían desvanecidos en un segundo piso de una escuela cualquiera, en el salón que se imparte la asignatura de Historia. Especulé sobre qué hacía con todos los poemas, qué pretendía enseñarme con traerlos hasta allí. Siempre los guardó con entusiasmo en las cajas decoradas con grafías románicas que había comprado en uno de sus viajes. Una de las cajas era de tamaño mediano y necesitaba de una llave que guardaba en distintos lugares. Me comentaba que cada noche la depositaba en un lugar diferente antes de irse a dormir, que luego de nuestras largas conversaciones telefónicas, meditaba unos segundos y encontraba con facilidad en dónde colocarla. En su mano seguían los poemas, sus poemas, los que yo le escribí exactamente después del verano que representó la partida definitiva de Raquel. Elevó su cara y decidió mirarme profundamente. Opté por colocar mis dedos pulgares debajo de sus ojos, y recogí las lágrimas que continuaban siendo expulsadas por sus grandes lunas negras. Moví mis dedos desde adentro hacia afuera, recolecté todas las lágrimas posibles y me las llevé, instintivamente, a la boca. Siempre consideré que las lágrimas eran las representaciones físicas de los sentimientos, del dolor, de los amores, y mi acostumbrado gesto fue una forma de poseer un poco de esa materialidad de las mujeres que había querido. Mi ademán, sin querer, la había traído a nuestra realidad. Sintió los papeles en su mano, sintió mi presencia, pero, sobre todo, sintió lo que ella estaba viviendo en ese momento. Se sorprendió verse y sentirse en ese estado, se llevó sus manos a la cara para limpiar de raíz las pocas lágrimas que yo había dejado. Era como si hubiera despertado de un letargo, creo que se asombró encontrarse en el salón. Al principio no dijo nada, permaneció en silencio durante un indescifrable periodo de tiempo. Ilona, decidió hablar.

Me levantó de inmediato lo que parecía un hocico que olfateaba mi pierna izquierda, que moví rápidamente al sentir el perro. Desperté con un cierto marasmo y me costó muchísimo darme cuenta de los policías que me observaban de pie y frente a mí. En un inglés, casi militar, pidieron disculpas por no haberme despertado antes, pero como vieron la profundidad de mi sueño, no lo intentaron. Procedieron a explicarme que llevaban a cabo inspecciones "rutinarias" para verificar los equipajes de mano de los diferentes pasajeros. Cuando pude abrir completamente los ojos y el entendimiento, el perro, perdón, el perro que es agente, olfateaba mi mochila. Apago mi reproductor de música, enrosco cuidadosamente el cable de los audífonos alrededor de este, saco un estuche del bolsillo de mi chaqueta y lo guardo allí. El perro todavía trabajaba diligentemente en mi bulto. Con una de sus patas tocó uno de los bolsillos de un lado. Les digo a los agentes que en confianza podían abrirlo, ya que lo único que tenía en él eran unas barras de avena para merendar. En ese momento, muchas de las personas que se encontraban en las sillas contiguas comenzaron a indagar lo que sucedía conmigo. Las miradas suspicaces pasaron a alarmarse cuando el perrito seguía marcando con una de sus patas mi mochila. El incidente seguía aumentando de tono en el preciso instante en que uno de los policías me solicitaba que me pusiera de pie y me moviera a unos metros de distancia de mis pertenencias. Les repito que solamente son unas barras nutritivas para casos de emergencia y, con una acción muy bien practicada de autoridad, me comenta uno de ellos que hable solamente cuando se me sea requerido por alguno de los agentes. Ahora sí, la mayoría de los pasajeros en espera en el terminal han comenzado a observarme incisivamente, se levantan las dudas de que haya algo sospechoso en mi jodida mochila. Esto es el colmo de mi estadía en este maldito aeropuerto. Las personas se van alejando de sus butacas, dejándome claro que ya no confían en mí. El perro nuevamente golpea el bolsillo, al tiempo que uno de los guardias utiliza el radio que tiene instalado en la parte del hombro de su uniforme. Como me tienen a unos metros de distancia, no llego a comprender, ni tan siquiera escuchar, lo que dice el agente al radio. Con mucho cuidado y frente a la expectante audiencia, el otro agente toma con demasiada teatralidad la mochila. La coloca en el asiento, la agita, con movimientos de estado de emergencia. Mientras tanto, sigo recibiendo las miradas inquisitoriales de todos los personajes que pasan cerca de la función que me han preparado. El agente se calza unos guantes de cuero, el otro ordena al perro, mi gran amigo, a que se siente y se tranquilice. Muy despacio va abriendo la cremallera, demasiado lento para mi gusto, ya me estoy considerando un delincuente sin haber hecho literalmente nada. Introduce su mano derecha en el bolsillo de la mochila y de este extrae dos paquetes delgados y pequeños, y los pone en la butaca del lado. Ambos notan, también yo, que sí, que este criminal solamente llevaba dos barras de avena, y que una de ellas tiene un sabor artificial a frutas. Antes, cuando me encontraba bajo el escrutinio de todos, me había arrepentido de traer conmigo meriendas para mis largos viajes. Sigo pendiente a las acciones de los agentes. Se hablan entre sí, se hacen preguntas, y luego miran a este necio. Me hacen una señal, que interpreto como que debo acercarme a ellos. Y me comentan, lo más tranquilos ellos, que no se puede estar confiado en estos tiempos y, para continuar con el espectáculo, les pregunto: ¿De quién se puede estar demasiado confiado en estos tiempos? Se ríen. Por lo visto, no captaron ni una onza de la ironía en mi pregunta. Mejor, si lo hubieran comprendido, me hubieran pateado el culo sin ningún problema. Me devuelven el bulto y mis barras de avena, y solicitaron al público que se esparcieran, que en aquel lugar no ha sucedido absolutamente nada. Me siento, vuelvo a respirar. El perro sigue mirándome acostado en el suelo, frente a mí. También respira profundamente y desde su larga lengua brota una inmensa cantidad de saliva. Este se asemeja a uno de esos perros color café de los que llevan a trabajar a los desastres para localizar personas. Uno de los agentes se me acercó y me comentó en voz muy baja, que debió ser que el agente, en este caso en particular el perro, no había comido en el horario determinado por su veterinario. Así que el olor de las meriendas le despertó el apetito. Le dije, para que se fueran ya, que no tenía ningún problema con lo sucedido, que le puede pasar a cualquiera esa clase de estupideces. Le pregunté si estaría mal de mi parte ofertarle una de las problemáticas barras de avena al animal, a lo mejor la de fruta le haya llamado más la atención. Entonces procedí a abrirle la envoltura y la deposité en el suelo. Rápidamente y sin ningún tipo de reparo, el cuadrúpedo la devoró, se relamió y se puso contento, guardé la envoltura en el mismo bolsillo. Saludé a los agentes y ellos devolvieron el suyo, parcamente. Cuando los perdí de vista, verifiqué los sobres de la disputa para asegurarme que le haya brindado al animal el que tenía la fecha de vencimiento de hace más de un año.

Dentro de toda la conmoción del evento, de las sospechas, de las miradas maliciosas, en fin, del maldito mal rato, había olvidado por completo a Ilona. No pensé en ella, si me estaba observando mientras rebuscaban mis pertenencias y me olfateaban. Me senté, recogí todo a mi alrededor, ya que no se limitaron a un bolsillo, al parecer, al tiempo que meditaba lo que sucedía, inspeccionaron mis revistas, los papeles del trabajo, todo el contenido de la mochila. Echo un vistazo con detenimiento, pero no tengo señal alguna. Habrá salido a caminar, o me reconoció y no quiso que la asociaran con un posible criminal. No puedo imaginar qué pasó, pero no la veo en la sala de espera. Asimismo fue que comenzó nuestra amistad, ambos esperando en el salón de la clase de Matemáticas. Yo había asumido, con muchas dudas, la partida de Raquel, por tanto, me encontraba totalmente solo en las aulas. Conocía a varios de los compañeros, compartía uno que otro chiste, pero nada más. La ausencia de Raquel me hizo reflexionar en cuán solo una persona podría estar en el mundo. Esa soledad tan desagradable, la de estar rodeado por tantas personas y sentirse el único en la faz de la tierra. Una soledad acompañada, una soledad de tantos otros. Era algo muy extraño de describir, te reúnes con seres humanos, te hablan, compartes con ellos, con tu familia, y con los pocos amigos, pero no hay una comunicación, no hay una conexión con lo que te rodea. Te daban lecciones de esa etapa de la vida, la adolescencia, pero nunca se profundiza en lo que adolecemos, de esa carencia, de esa falta, de ese vacío que se convierte en sombras. No pienso que sea la falta de madurez, y, finalmente, ¿qué es ser una persona madura? Esa soledad, repleta de personas, la peor de todas, me ha seguido desde esa época, me espera en cada esquina, en cada ciudad que visito. Me busca, me controla, no se escapa. Una melancolía que nunca se resuelve, que no se puede definir. Esa era el tipo de soledad que vivía el día en que Ilona, por fin, decidió acercarse. Fue un sencillo *Hola, ¿cómo estás?* para luego preguntarme de forma directa si tenía información sobre Raquel. Le comenté que no, ella nunca me comentó que su familia planificaba salir tan rápido del país. Continuó *Ustedes sí que eran buenos amigos, ¿verdad?* Me resultó muy raro que, primero, me dirigiera la palabra y, segundo, que me preguntara sobre mi relación con Raquel. Me acordé de los comentarios de Raquel sobre la forma en que me miraba Ilona. Al parecer, de una forma u otra, le llegó a incomodar; aunque en el furor de nuestra última noche jamás lo mencionó, y ya lo había borrado de nuestras conversaciones escritas. Decidió sentarse en el pupitre ubicado a mi derecha. Así nos sentaríamos el resto del año académico y parte del último que compartimos. Sus amigas llegaron al salón, se extrañaron al verla sentada a mitad de la fila, y no al final, donde siempre se colocaban. Una de ellas decidió sentarse al frente y la otra atrás. Me saludaron, tal vez se sentían obligadas a ello; lo hicieron y les correspondí lo más amable posible. Preguntaron quién había realizado los ejercicios de Geometría, los mismos que se tenían que entregar al finalizar la clase. Les comenté a las tres que yo los había terminado, y si querían los podía compartir. Aceptaron la oferta de inmediato, busqué las hojas con los ejercicios, las tomaron y las dividieron entre las dos amigas. Ilona me comentó que los había realizado la noche anterior, porque no tenía mucho que hacer. Por deferencia, contesté lo mismo. Y me preguntó algo que me sorprendió *¿No te gusta bailar la música movida?* Se refirió, más bien, a la música electrónica. Le dije que sí, que escuchaba mucho ese estilo de música, casi todas las noches, y luego le cuestiono *¿Por qué la pregunta?* Comentó *Por nada,* que en la noche anterior me había observado dar vueltas alrededor de la pista de baile durante la larga sección de música electrónica. Pero cuando iniciaron las baladas me vio bailar con Raquel. Fui sincero, que no era que no me gustaba bailar ese género musical, sino que nadie quiso bailarlo conmigo. Dije más, existe una gran diferencia entre un gusto por un tipo de música en particular y que ninguna persona te considere lo suficientemente apto para moverse unas cuantas canciones contigo. Creo que le resultó extraña mi respuesta, porque me contestó de la siguiente manera: *Pienso que bailas bien, deberíamos bailar en alguna fiesta*. Dentro del nerviosismo, pude expulsar una sola frase *Es un trato*. Me brindó una sonrisa inmensa y asintió con la cabeza. Era algo completamente distinto, durante nuestra efímera conversación no nos dejamos de mirar. Ella y yo frente a frente, sin tener que mediar entre los dos ninguna nota, sin tener que escribirle las mismas preguntas y contestaciones que acabábamos de intercambiar. Era un distanciamiento a las formas de comunicación que desarrollamos Raquel y yo. Cuando quise continuar hablando con ella, sus amigas interrumpieron sutilmente para preguntarme por algunas de las fórmulas que utilicé para completar los ejercicios. Al tiempo que les explicaba, no dejaba de mirarme, se me aproximó y preguntó: *¿Cuáles grupos musicales escuchas?* Lo medité, y cuando decidí contestarle, se asomó a la puerta del salón la maestra de Matemáticas, y no pude concretar mi respuesta.

La clase inició con un repaso del material cubierto durante toda la semana pasada. Los algoritmos, las figuras, las fórmulas, entre otras. Sentí que me tocaron el brazo derecho, al moverme hacia esa dirección recibo las hojas con mis ejercicios. La maestra continuaba con el resumen, pero, a mediados de la clase, escribió varios ejercicios en la pizarra y preguntó quién se atrevería a ir a completarlos. Un silencio sepulcral dominó el salón. Yo todavía me encontraba digiriendo el hecho de que Ilona me dirigió la palabra, cuando instintivamente me levanté. Estaba de pie frente a treinta y dos compañeros, los mismos que comenzaban a aplaudir, a silbar y a decir chistes sobre mi imprecisa valentía. Caminé lentamente hacia la pizarra, con estilo, comenzaba mi actuación, aunque nadie se percató de eso. Tomé una tiza blanca y otra de color azul. Me retiré un poco del tablero con los ejercicios, aunque sabía la contestación de antemano, quería demostrarles que pensaba en los ejercicios con profundidad. Tenía y quería presentarme como un intelectual en ciernes, no por la maestra, no para los demás estudiantes, solamente para Ilona. Coloqué mi brazo izquierdo alrededor de mi estómago y el codo derecho lo dejé descansar encima de este. Mi mano derecha la llevé al mentón, y cerré medianamente los ojos, como fijándome detenidamente en las grafías que tenía frente a mí. La maestra me observó y comentó: *No tengo todo el día para ti, vamos.* Sonreí y fui por ellos; no solo contesté el primero, sino el segundo y el tercero. Deposité las tizas en el borde de la pizarra y me retiré despacio, orgulloso. La maestra evaluó las diferentes respuestas en los dos colores utilizados y reaccionó conforme, ya que todas estaban correctas. Sentado ya en mi pupitre, varios de los compañeros aplaudieron y otros hicieron ruidos de animales. Uno de estos gritó desde el último asiento de la penúltima fila: *¡Qué payaso!* Y sin ningún miramiento, le contesté *¡La madre que te parió!* Tan rápido respondí, tan rápido me arrepentí. La profesora dio por terminada la clase y anunció la posibilidad de una prueba corta en la próxima reunión. De pie, para irme al siguiente salón, Ilona se me acercó y me dio un pequeño papel. En él se encontraba escrito un número de teléfono y más abajo *Para que me contestes la pregunta sobre la música y los grupos.* Cuando fui a buscarla, ya se encontraba rodeada de sus amigas. Y así inició una entrañable amistad, de esas que marcan el alma y que sobreviven toda duda.

Esa noche divagué por toda la casa pensado en lo ocurrido. El hecho de que una sola persona me hablara, me identificara y se acercara a mí, generó un cambio drástico en mi personalidad. En las formas que asumo mi entorno y cómo lo absorbo, cómo lo leo. Me levanté de mi silla a contestar unos ejercicios de Geometría. Una tontería para muchos, un pequeño triunfo para mí. Me pasé de listo y bocón, y por poco me rompen hasta la madre por haber mentado a una. El acto de los pocos aplausos, de los silbidos, y alguno que otro insulto, era el tipo de situaciones a las que rehuí toda mi vida. Yo terminaba mis trabajos y ya, no me exponía al juicio público, a actuar frente a personas, nada de eso. Por el contrario, mientras más desapercibido pasara, mejor para mí. Pensaba en esto mientras iba de cuarto en cuarto, cavilando la posibilidad de llamarla. Mis padres me preguntaron por todo ese continuo ir y venir, lo único que se me ocurrió fue decirles que estaba memorizándome parte de la tabla periódica de elementos, ya que pronto tendría una prueba sobre la misma. Me dirigieron, ambos, miradas de duda, y no preguntaron más. En el salón había olvidado por completo lo ocurrido en la Biblioteca. El poema recitado de memoria, el silencio de Ilona, el patético silencio mío. No había encontrado la oportunidad de hablarle sobre ese asunto, sobre mi impulsiva personificación de "declamador". Me debatía en llamarla o no, y ahora puedo analizar con precisión, que para aquella nublada época yo tenía conciencia de las diferencias que nos distanciaban. Existía una enorme fisura entre ambos, ese inamovible espacio llamado clase social. Aunque yo asistía a un colegio privado, no podría decir que provenía de una familia acomodada, éramos, a lo sumo, una familia de clase media echada a menos. No había podido conocer a ninguno de mis abuelos. Ellos habían muerto varios años antes de mi nacimiento, así que mis padres conocían de primer orden, y mucho antes que yo, esa infinita tristeza de la que todavía padezco. Ambos trabajan en fábricas en las que iban recortándoles lentamente las horas de trabajo. No existían las horas extras ni los beneficios marginales. Suerte que era hijo único, y el gasto mayor en casa era la matrícula y la mensualidad del colegio privado. Todo un lujo, solía decir mi padre. Ese comentario y la situación familiar las interioricé en una forma obsesiva. Siempre fui consciente, desde que tuve uso de razón, de los esfuerzos y sacrificios de ambos para que tuviera una educación más o menos decente. Me consolidé como un buen estudiante, responsable, callado, reservado, pero, ante todo, introvertido. Las largas horas de lecturas, primero con mi madre, luego a solas, brindaron compañía a esos momentos de soledad. Pero en la escuela, existía una cierta abundancia, un sector de la población de estudiantes provenía de familias acaudaladas y de cierto prestigio social. Vestían ropa de marcas, con prendas y bultos que muchos reconocían por sus logos. Los zapatos, los radios y audífonos, los casetes o LP que compraban casi a diario y que mostraban en el patio de la escuela. Yo pude acceder a esa nueva colección de música gracias a la ayuda de algunos amigos; estos reproducían copias en casetes de las últimas grabaciones de los grupos musicales que estuvieran de moda. Pude hablar con Ilona sobre música, no porque la había comprado, sino porque poseo un arsenal de copias gracias a la benevolencia de los colegas. Mi diminuta colección de literatura latinoamericana eran todos libros usados, que mi madre se encargó en conseguir en todos los lugares que iba. Librerías de segundas manos y en tiendas por departamento en las calles cercanas a la ciudad donde trabajaba. Y esa trilogía de Henry Miller que guardé, mi madre la compró en un supermercado que liquidaba, por una centavería, todos los libros que tenían almacenados. Leer a Henry Miller a los trece años fue toda una aventura, aunque no comprendía mucho su estilo y sus referencias. Nunca se lo comenté a ella, pero le estoy eternamente agradecido por ese regalo. Entre copias de libros y de discos pasé gran parte de esta juventud que no se decide a abandonarme. Muy pronto entendí que éramos diferentes. Ilona provenía de una familia prestigiosa, con buen dinero, el que habían accedido a través de certeros negocios realizados por su padre con el gobierno. De esto me enteraría después, en una de las miles de conversaciones que sostuvimos. Fueron empresas legales o, por lo menos, eso pensé en aquel momento. Nunca salió a la luz pública algún asunto turbio, y a diferencia de los míos, sus padres todavía viven en la pequeña mansión cercana al colegio en que estudiamos. Su familia era jovial, agradable y compartían sus bendiciones con otros. Conmigo fueron amables en las contadas ocasiones que visité su casa, nunca marcaron diferencias, tanto ellos como Ilona. Nos tratábamos de iguales, aunque en realidad no lo fuéramos. Nuestra relación nunca tomó los vicios de esos melodramas en los que las diferencias sociales y económicas son las puntas de lanzas para programas televisivos de seis a ocho meses de duración. De esas telenovelas que mantenían y mantienen pueblos enteros en vilo y, por qué no, en ignorancia.

Nunca me decidí a llamarla esa noche. Pensé que era demasiado pronto, parecería un desesperado a punto de regalarse. Aguardé, lo consideré por horas y no marqué su número telefónico. La pensé, la soñé toda la noche, y el insomnio escribió sus páginas en mi rostro a la mañana siguiente. En la primera clase me encontré con ella, fue la de Lengua y Literatura. Consideré alguna excusa, la que podría darle si me preguntaba por qué no la llamé, pero no lo hizo. Me saludó, se sentó a mi derecha y luego llegarían, como siempre lo hicieron, sus amigas a ocupar los pupitres designados. Aquel día, como todos los días, iniciamos la clase con algún poema de Neruda o de Benedetti, según el ánimo de la profesora. Hacía ya un tiempo que me sospechaba que la maestra vivía ocultamente un despecho, bromeábamos con la idea de que fue abandonada por el novio. Pero la vida siempre es más dura que eso. La palabra despecho la utilizo ahora, con toda la carga emocional y social, que con solamente mencionarla trae consigo. Es una palabra poderosa, de esas que no son inocentes, que posee la trágica consecuencia de ser vivida al ser mencionada. El despecho se padece, se desangra, pero también es motivo de burlas, de las que le hacíamos a la maestra de Lengua y Literatura cuando declamaba con una inusual pasión algunos versos, que para nosotros estaban muy distantes. A través de esa poesía tuve la oportunidad de acercarme a Ilona. Casualmente, el texto de ese día lo conocía muy bien, y como me encontraba en el espacio del cambio, decidí recitarlo, al unísono, palabra por palabra, cada uno de los versos, los mismos que revelaban las desilusiones más recónditas de nuestra maestra. En una escena, por cierto, de lo más cursi, cerré los ojos y traté de ubicarme en el momento original donde había leído, por primera vez, esos versos. Inicié en una voz muy baja, pero luego fue en crescendo hasta alcanzar la intensidad de la maestra. Terminamos al mismo tiempo, ella abrió los ojos, me dirigió una leve mirada, sonrió y cerró el libro. Caminó lentamente hasta su silla, la haló y se sentó pausadamente. Yo me quedé callado, y sentí que no me quitaba los ojos de encima. Era una mirada fulgurante, que irradiaba signos desconocidos. Ella tomó de su escritorio una de sus libretas, la abrió y comenzó a escribir en ella. En días consecutivos yo había realizado actuaciones fuera de mi norma. Salvo el no llamarla la noche anterior, todo lo demás era el principio de una identidad distinta, de una forma de ver, de vivir diferente. Al terminar la clase, la maestra me llamó aparte del grupo. Esperó a que todos los alumnos salieran del aula y me preguntó directamente si yo escribía. No entendí la preguntaesa primera vez *¿Cómo?, ¿Si tú escribes algo además de las obligadas tareas de la escuela?* Respondí un firme *No* nunca lo había intentado, consideraba que poseía una escritura pésima, tenía y sigo teniendo problemas con las reglas de ortografía, los acentos, las conjugaciones de verbos, la lista era y es infinita. Ella respondió *Deberías pensarlo.* Yo había leído mucho para adormecer el aburrimiento, pero nunca me había planteado hasta ese momento la escritura. Creo que solamente le escribí a Raquel en las notas que nos intercambiábamos durante las clases. Pero eso no se lo comenté. La conversación duró hasta el instante en que la maestra sentenció un ¡Inténtalo! Luego me indicó que podía retirarme, tomé mi mochila y salí del salón. Tenía algunos minutos antes de entrar a la próxima clase, pensé un poco en el diálogo con la maestra, en los poetas leídos, en la música que me gustaba, aunque entendiera la mitad de las letras. Si el español se nos presentaba en ocasiones difícil, el inglés era una lengua completamente desconocida. Estaba claro que no era escritor, nunca lo había pensado. Para ser sincero nunca lo pensé. Nunca lo fui. Pero la conversación con la maestra abrió un espacio para el cuestionamiento. De antemano sabía que no llegaría a ser escritor, pero nadie tenía que enterarse. Con solo intentarlo, leer un poco, escribir una línea aquí otra por allá, podría estructurar algo parecido a un poema. Mi propósito no era calcar lo leído, sino, más bien, construir algo que me diferenciara de los demás estudiantes, agradar a la maestra y de acercarme a Ilona, de entrar en su piel y en sus emociones. Aunque se ve ahora como un plan bien configurado, en ese tiempo no lo visualicé de ese modo. Poseía algunos elementos que dominaba un poco, debía mezclarlos y ver cómo resultaría todo aquel enjambre. La verdad era que me sentía atraído por ella, su inusual belleza no era leída por otros como yo.

Existía una serenidad, una paz muy elocuente que se filtraba cada vez que ella se sentaba a mi lado. No puedo negar que su larga cabellera negra, sus impactantes ojos, eran un valor añadido a un ser que nunca dejó de fascinarme. Ahora, como siempre, ella se encuentra sentada cerca de mí, y revivo ese estado de quietud que brindaba. No todo es posible en la vida, pero la aproximación al ser deseado, al ser querido, se ve siempre desde una imposibilidad que nos mantiene alerta, nos mantiene respirando profundamente. A lo mejor esa sea mi definición de lo que la gente da por llamar ilusión, es todo aquello que se rige por los designios de la imposibilidad. Tarde o temprano terminamos todos ilusionándonos. Ella me ilusionó, no porque quiso, sino porque yo la concebí como un imposible, la construí como un espejismo, como algo inalcanzable, en aras de convertirla en el motivo ulterior de una búsqueda que me mantendría alerta. Sin percatarme de ello, yo había nombrado mi carencia e iba, sigilosamente, a ser seducido por lo inasequible. Suena estúpido, suena melodramático, pero así éramos, necios, ilusos, melodramáticos, queríamos apoderarnos de nuestro ínfimo mundo. Todo eso lo traté de resolver de otra manera, definí lo que entendí era lo necesario para mí y fui a su encuentro.

La primera llamada telefónica que sostuve con Ilona fue el día que coreé los versos junto a la maestra de Lengua y Literatura. Me encontraba eufórico, decidido, entusiasmado con lo ocurrido, iluminado por unas precisas imágenes durante todo el día. Sería la poesía, la música, los caminos hacia su aceptación definitiva. Para mí, desde este presente, era diáfano el hecho de que ignoraba por completo la distancia abismal que existía entre ambos. Tanto en lo económico, como en la forma de ver la vida. En pocas palabras, lo que me habían enseñado los libros, ella lo había experimentado en persona, en todo su espectro de colores. Esa primera llamada, esa conversación por horas, puso en perspectiva la brecha entre ambos. Era como una metáfora del país, todo un país que simulaba ser grande, que jugaba con salir de una pubertad centenaria. Pero yo no era de los escogidos, debía quedarme en la acera, ese espacio para el transeúnte inmóvil. Los demás, los pocos, pasaban frente a nosotros sin reconocernos, como caminando en una larga pasarela, ostentando, escenificando sus vidas, remotas a las nuestras. Ese intersticio lo sentí en esa primera llamada. No contestó ella, ni ningún miembro de su familia, la contestó una de las varias empleadas que atendían su casa. Me cuestionó de inmediato quién era, qué deseaba, le dije que buscaba a Ilona, que era un compañero de clase, luego de mi nombre y ambos apellidos, la puso al teléfono. Lo único que pensé fue que la madre debe ser una persona estricta, ignorando por completo qué sucedía al otro lado del teléfono, quién era esa persona que tomó la llamada. Ella aclaró todo, era su nana. Perdonen, pero la palabra "nana" todavía a estas alturas del juego se me hace difícil de asimilar. Luego me explicó con lujo de detalle qué significaba esa persona para ella. Me quedé igual, en nuestros barrios no existía un personaje como ese. Pero escuchar su voz fue punzante. Después de los consabidos saludos y la elaborada repuesta para contener mi cuestionamiento sobre la "nana", me comunicó que se alegraba por la llamada. Ella se había tomado el atrevimiento de preguntarle a Adrián por mi número, pero no tuvo el valor de marcarlo. Le pregunté qué hacía, y me habló de su rutina de escuchar música, y aproveché la oportunidad para alargar nuestro diálogo, hablándole de los diferentes grupos que yo apreciaba, cuáles eran mis favoritos y, ante todo, sobre sus letras. Le comenté, que al oír música colocaba un diccionario de Inglés al Español cerca, para así poder entender cada una de las canciones. Ella se rió muchísimo con mi ocurrencia. Me quedé en silencio, no sabía que era gracioso el poder escuchar una y otra vez las canciones, escribir algunas palabras en la libreta, las que no comprendía, y luego, laboriosamente buscarlas en el diccionario, leer sus significados y entender cada una de las estrofas. Siguió riéndose, ya me sentía un poco incómodo con la situación, ofendido podría decir, cuando me comentó que dentro de los casetes de música vienen unos pequeños folletos y muchos de estos contienen las letras completas de las canciones. *¡Carajo!* dije para mí, y pensé que debía buscar la respuesta o el comentario exacto para no quedar en ridículo, mi colección musical está repleta de las copias regaladas por los amigos, en mi vida he visto yo un maldito folleto de los que ella hacía mención. Dentro del terror de quedar como un tonto, como un pobre tonto, le dije que sabía muy bien lo de los libritos, solo que, como pensaba irme a estudiar a Europa, necesitaba practicar mi inglés, poder entender las diferentes tonalidades, pronunciaciones, entre tantas otras cosas. Me respondió que era una magnífica práctica, que ella imitaría el ejercicio que yo realizaba cada noche, ya que había escogido la universidad donde estudiaría. No solo eso, sino tenía las dos carreras por las que votarían sus padres para darle el aval final a su destino académico. Lo que comenzó como una interesante llamada telefónica derivó en temas escabrosos. Universidades, carreras profesionales, viajes de estudios, lugares para visitar, lugares en donde vivir. Había demarcado, con gran determinación, su futuro profesional y personal. Tenía las acciones a seguir, decisiones a tomar, aunque ya estaban tomadas de antemano. Por el contrario, yo me instalé en un segundo plano, regresé a la orilla del camino, a escuchar y a verla pasar por la larga pasarela y a su destino; por cierto, ya bastante manifiesto. Ella habló, por tiempos en soliloquios y en configurados detalles sobre los pasos a continuar en una vida cuadriculada, organizada hasta el último respiro. No sé por qué, pero me hizo pensar en Raquel. A pesar del distanciamiento entre ambos, que se iba agrandando con cada palabra, Ilona me cautivaba, me causaba una extraña fascinación, tal vez, a muy pesar de un futuro ya escrito. Su voz tenía un eco en otra voz, una que no se escuchaba, que quería dejarse oír. En realidad fue algo inaudito, cuando la conversación la dictaminaba ella, no sé si era interferencia en las líneas telefónicas, pero en instantes, un frágil susurro intervenía, trataba de ejercer su presencia. Esa fue la voz que decidí buscar, que escogí como meta final, como objetivo. Tomé como reto recuperarla, esa que permanecía en lo bajo, y que luchaba por sobrevivir. Mientras seguía hablándome de esta u otra universidad, yo le prestaba toda la atención posible a la otra resonancia que deseaba salir, recuperar una voluntad apaciguada por unas exigencias fríamente designadas, que precedían a la otra. Me encontraba en esas elucubraciones cuando ella termina y me pregunta sin ninguna reserva.

—¿Tú eres poeta?

La pregunta me desarmó.

—¿Por qué la pregunta? —me tocó indagar, por decir algo, salir de la duda.

—Bueno, primero el poema que me recitaste de memoria en la Biblioteca, y hoy, claro, le haces el coro a la maestra de Lengua y Literatura, la que parece vivir en una constante tristeza. Y vuelvo y te pregunto, ¿eres poeta sí o no?

Dentro de este océano de confusiones que fue la primera conversación telefónica con Ilona, llegó el momento deseado, el anhelado, la llave que andaba buscando y con toda la parsimonia posible le contesté.

—No, no soy poeta, solamente escribo poemas —comencé a disfrutar, a degustar el primer triunfo de una nueva identidad, hasta que llegó una sentencia final.

—¡Qué pena! A mí no me gusta leer para nada —dictaminó fríamente.

Luego de un pronunciamiento de esa magnitud busqué el valor de continuar con la plática, tratando de recuperar el terreno perdido. Comencé a hablarle de la condición sublime de la poesía, de la búsqueda de la belleza, de una creación descontaminada, fuera de un orden económico y social. Le comenté toda esas cosas que yo mismo no tenía seguro creer, pero dada esta circunstancia resultaban necesarias para salvaguardar la impresión que quería dejarle. Y, como muy lejana, sentí una soslayada sonrisa, como de triunfo, de victoria, que provenía de esa voz que deseaba encontrar, y tuve que preguntar.

—¿Por qué te ríes?

—Porque no te dignaste a preguntarme, a cuestionarme sobre mi contestación acerca de la lectura. Has dado tantas vueltas y no fuiste directo. Me viste en la Biblioteca con un libro de Pessoa, sabías qué estaba leyendo, caminaste hacia mí, y recitaste uno de mis poemas favoritos.

Ahora que iniciamos una diálogo, te juego una broma y no la captaste, seguiste vociferando sobre la belleza, la creación, y todas esas parafernalias. Pues, tuve que reírme, qué más quieres que te diga. ¿Si leo? Pues claro, me gusta la literatura de autoayuda, como entretenimiento, no como forma de vida. Si no lo advertiste, ya la mía va muy bien encaminada, definida, y eso me da una cierta tranquilidad.

Ante mi asombro, objeto también.

—Si tu vida ya está tan orquestada, tan delineada, ¿para qué seguir viviendo? Parece ser que tú no crees en los imprevistos, en los problemas a medio camino y en los otros dilemas que pueden detener esa vida pensada de antemano.

—Pues claro que creo en los problemas. Lo importante es desviarme de todas esas situaciones, enfocarme en lo que quiero y todo llegará —declaró segura.

Y tal vez por joder, continué.

Es interesante hasta qué punto los libros de autoayuda han estropeado lo que pudieron ser grandes vidas y mejores ideas. No sé tú, pero a mí me dan miedo, por no decir terror, esa clase de libros. Mi rutina diaria siempre va por el otro lado de lo que se supone suceda en las guías de esos libros. Algo siempre altera los caminos. ¿Tú no crees? —le pregunté.

—Primero —contestó con rapidez— el leer libros sobre el éxito que tengan otras personas es iluminador. Ves cómo se desarrolla la vida de estos, los problemas que se plantean y cómo lo resolvieron. Luego vienen los consejos sobre esas mismas experiencias y algunos ejercicios mentales para que apliques lo aprendido.

—Pienso que hablas de una de esas revistas del buen vivir, que ha crecido un poco, y se cree adulta.

—¡Qué chistoso! Y qué tiene de malo leer de vez en cuando ese tipo de texto.

—No tiene nada de malo. Solamente es cuando haces de esa revista una forma de vida. Llenas los cuestionarios, lees los consejos, los horóscopos y al final te das cuenta de que nada de lo leído tiene que ver contigo, con tu realidad próxima. Pero es curioso, también lees poemas, cuentos y, espero, que alguna novela.

Un inmenso silencio cae nuevamente sobre nosotros. La profunda respiración de Ilona se hace notar.

—¿Continúas ahí? —pregunté.

—Sí, sigo aquí. Estoy pensado en lo que has mencionado. Las revistas, los libros que has llamado de autoayuda, me permiten pasar el tiempo, luchar contra el aburrimiento.

—Ahí está el problema, lo has dicho muy bien, *me permiten pasar el tiempo,* como si el tiempo fuera una pesadez y no una oportunidad. Mira, no quiero meterme mucho en tu vida, mientras lees cosas que son distintas a tu realidad, eso es lo que ocurre, el tiempo pasa, pero lo que pasa en verdad es la vida misma —continué con mi obtusa filosofía a ver si ella pensaba un poco esa noche, a ver si la arropaba el desvelo. Porque si es así, mañana me hablará, me buscará. Nos despedimos cordialmente, prometiéndome meditar en lo que conversamos, un hasta luego y unas buenas noches.

Al día siguiente todo fue totalmente distinto a lo que imaginé la noche anterior. No solo Ilona no me habló, sino que se sentó, con sus inseparables amigas, lejos de mí. Para ser exacto, tres filas de pupitres nos dividían. Me ignoró por completo, hasta la vi como incómoda, molesta. Me atormentó el acto, pero decidí no darme por enterado. Comencé a vacilar un poco con los otros compañeros, hacer chistes, comentarios jocosos para pasar el tiempo, para sobrellevar el desprecio con que me había topado. Para mi pesar, no fue un día, pero varios los que continuó ignorándome, sin tan siquiera un hola, un *¿Cómo estás? ¿Cómo te ha ido la vida?* En la cuarta jornada, fui en la hora de almuerzo adonde ella estaba sentada y le comenté que quería hablar. Sus amigas me miraron de pies a cabeza, como siempre hicieron durante la amistad que sostuve con ella. Esta se notó sorprendida por el acercamiento, pero aceptó ir conmigo hasta una de las esquinas del patio central de la escuela. Le pregunté rápidamente.

—¿Qué te sucede conmigo? No me hablas, ni tan siquiera me saludas, ¿estás molesta conmigo?

Permaneció callada por un largo rato, dirigiendo su mirada hacia el suelo, jugando con una diminuta piedra que su pie derecho encontró. Subió su rostro y esbozó una mirada con rabia y comentó.

—¡Eres un verdadero idiota! Eso es todo lo que pasa.

Perplejo, casi asustado, me hice el que no había escuchado.

—¿Un qué? —inquirí ofendido.

—Un idiota, tan solo eso, un idiota, un idiota.

Aún el último idiota retumbaba en un eco infinito.

—Y ¿por qué?, ¿qué te hice?

—Tú, y tus malditas ideas, me han dañado mis lecturas, mis libros, mis revistas. Escucho tus engreídos comentarios cada vez que abro uno de los libros, casi ya no puedo leer.

—No dije que no los leyeras, solo di mi opinión sobre ellos. Tienes total libertad de leer lo que te dé la real gana.

—Además de idiota, eres sordo. Ya te dije que no puedo leer, esas ideas tuyas, la de la vida distinta, que nada tiene que ver con lo que realmente somos. Me fastidiaste mis libros, ahora no tengo nada que leer.

—Pues lee poesía o lee otras cosas.

—Poesía ni poesía, como si eso fuera a darme de comer en el futuro.

—No, en el futuro te seguirán dando de comer tus padres.

Me arrepentí de inmediato de haber hecho ese comentario.

—¿Qué? ¿Conoces a mis padres? Yo no sé absolutamente nada de los tuyos y no los traigo a una conversación sobre cómo estropeaste mis lecturas.

Pienso que lo más que me lastimó fue el comentario de lo destructivo que fue nuestra conversación, eso es lo que piensa sobre todo nuestro diálogo. Sin decir nada más, se dio la media vuelta y caminó en dirección a donde estaban sentadas sus amigas. Vi que les comentó algo, estas se levantaron del banco y se fueron. Subieron las escaleras de la entrada del edificio de la escuela y se perdieron por uno de los varios pasillos. La discusión me dejó aturdido, pero no perdido. Esa noche, en casa, quise llamarla, excusarme, pero no sabía por qué. Yo simplemente emití mi opinión sobre lo que ella, hasta ese momento, había leído. No había intención alguna de ofender y menos a su inteligencia. Luego de varias noches en esa condición, tomé una hoja que tenía en el escritorio de mi cuarto, una hoja cuadriculada para hacer ejercicios de Matemáticas y, sin más, escribí. Continué con la idea de la escritura, del proceso de cómo escribir un primer mal poema, de revisarlo mil veces, y de hacerme comentarios de cómo debía entregárselo.

Al principio, la hoja de papel se me hizo extensa. Consideré que al ser cuadriculada, el espacio se reduciría, sería pequeño, hasta amigable para la escritura. Pero no, me enfrentaba a una página en blanco, llena de líneas verticales y horizontales. Era, en resumidas cuentas, igual de temible que una totalmente en blanco. Inicié escribiendo algunas palabras que me resultaban esenciales y otras que poseían una bella tonalidad. Pensé en lo que hasta ese preciso instante había leído, pero me pareció muy poco. Pensé en Raquel, y luego, más tarde, me concentré enteramente en Ilona. Primero lo que me atrajo físicamente de ella, su larga cabellera, su rostro y, ante todo, su mirada, algo que todavía me resulta un misterio. Segundo, su actitud, la facilidad que se desliza a través de la vida, sin titubeos, sin muchos cuestionamientos. Al abrir los ojos solamente quedaba la hoja con las palabras escritas en forma de una lista. Al mirar el reloj, reconocí que habían pasado dos horas. Recordaba haber escrito mensajes para Raquel; sé que he leído a varios poetas, pero me enfrentaba a algo fuera de mi alcance. A lo mejor no era solamente escribir por escribir, más bien era tratar de llamar íntimamente la atención de otro ser. Comprendí que era lo único que poseía, que me podría diferenciar de los demás, de los otros. Yo era un tipo bastante ordinario, sin ningún atributo físico de importancia, carente de toda belleza. Necesitaba encontrar una estrategia, además de lo elocuente, que pudiera crear una diferencia. Cavilé, nuevamente, en la escritura, en la poesía como ese medio para llegar a lugares y a personas. Aquella noche fue larga. En todas esas horas entendí que definitivamente no era un escritor, que manejar y dominar hasta cierto grado las palabras, los símbolos, era una tarea difícil, si no imposible. A la una de la madrugada, decidí algo temible: escribir, directamente, las primeras cosas que me vinieran a la mente, sin censura, tratar de traducir todas las imágenes posibles en palabras. Al terminarlo coloqué en la parte superior izquierda de la hoja *Para Raquel.* Luego, con cierta aflicción, lo borré con la goma transparente que tenía en el escritorio. Traté de pensar en un título, pero me di cuenta de que después de escribir esas pocas líneas, eso era lo más engorroso. Cómo concretizar en varias palabras el universo que uno ha querido plantear en un poema. Y la noche tuvo su extensión. Al finalizar lo guardé en la mochila y dormí tranquilo los últimos veinte minutos antes de que sonara el despertador, ya la noche se había dado por vencida.

Al llegar al colegio, me escondí en uno de los baños del primer piso a aguardar desesperadamente la hora de la primera clase y mi primer encuentro con Ilona luego de haber escrito lo que pensaba era mi primer poema. El salón se encontraba en el tercer piso y esperé hasta las ocho, luego subí por la escalera cercana a donde ubicaba el salón. Llegué al tercer piso, miré para visualizar con certeza cuándo entraba ella. Al ver el pasillo despejado, caminé con ligereza hacia el salón, en el preciso momento que la maestra entraba al aula. Entré después de ella. Ilona se encontraba sentada al principio de la segunda fila, caminé por el espacio entre la primera y segunda fila de pupitres y, antes de pasarle por el lado me detuve, y puse en su escritorio el papel cuadriculado. Me miró con una expresión de duda, sorprendida de mi acción, pero se mantuvo en silencio. Continué hasta el último asiento de la primera fila, desde allí podía verla en un ángulo privilegiado. Entonces, observé cómo, con cierta parquedad, fue deshaciendo cada uno de los dobleces de la hoja. Con mucho cuidado fue abriendo, como una flor, todos los bordes del papel. Al abrirlo por completo notó que se encontraba al revés, le dio un giro, y me deleite, desde mi madriguera, al ver la lectura que le dio al poema.

Vas pisando, lentamente, las hojas en el camino.
No miras, no observas,
continúas el recorrido,
lamiendo las gotas que la lluvia ha dejado sobre tu cuerpo.
Y las hojas suenan con cada paso que das,
y las escuchas manifestando tu peso,
y claman tu procesión.
La lluvia suena con cada paso que das,
la escucho, la husmeo,
la persigo en la penumbra heredada de la soledad.
Cada gota,
cada hoja,
revelan tu fugaz existencia,
y los ecos de tus pasos,
y los ecos de la lluvia,
y los ecos de las hojas
me llevan hasta tu ausencia.

Durante toda la clase vi que lo leyó en varias ocasiones, pero nunca giró hacia mí, nunca me dirigió una mirada. Al terminar la clase dobló la hoja exactamente igual a como yo se la había entregado una hora antes. Se quedó con ella, agarrada en la mano derecha, no la guardó en la mochila, la que recogió con su mano izquierda y salió del salón apresuradamente. No comentó nada a nadie, solamente se fue. Quise seguirla, pero no tuve el valor; esperé a que todos los demás estudiantes salieran del aula y luego yo. Me dirigí a la próxima clase. Así fue mi debut como escritor, uno que duró unos cuantos poemas más.

Ilona no cruzó palabra alguna conmigo durante ese día. Entraba y salía de los salones con una velocidad impresionante. En la última clase, la de Historia, una de sus fieles amigas se dirigió a mí y me preguntó sobre su actitud. Le comenté que no sabía, que había actuado un poco rara durante todo el día, pero nada más. Esa fecha, me acuerdo, concluyó con una prueba corta sobre el Imperio Romano. Si la terminábamos a tiempo, podríamos entregarla e irnos temprano. La completé en varios minutos y salí. Parado en la puerta intenté sin suerte capturar una de sus fugaces miradas. Esa noche, específicamente a las diez de la noche llamé a su casa y, por mala suerte, fue su padre quien contestó el teléfono. Luego de un largo discurso sobre las horas pertinentes para realizar llamadas a una casa decente, a una hija de él, y el respeto por el sueño de toda una familia, le comenté que era urgente, era algo referente a una tarea para entregar el próximo día. Se mantuvo en silencio, para luego decirme que despertaría a su hija, pero, insistió el señor, esa era la última vez que llamaría a esa hora y, ante todo, a ese hogar. Asentí. Por supuesto, nunca fue de esa manera. Para evitarme toda esa inservible cháchara del padre, nosotros inventamos un método que resultó infalible para nuestras extensas llamadas telefónicas. Dejaríamos sonar el timbre del teléfono solo una vez y sabíamos que era el tiempo oportuno para llamar al otro. Un timbrazo era necesario para saber qué hacer. En ocasiones era ella, en otras yo. En el caso que no respondiéramos con rapidez al llamado del solitario timbre, nos tocaba esperar al menos media hora para repetir el proceso. Varias veces el timbre nos encontraba fuera de la casa o durmiendo o estudiando o, en la mayoría de las ocasiones, en el baño. Así que media hora después, un segundo timbre nos alertaba de la necesidad de comunicarnos con el otro. Pero esa primera noche no habíamos desarrollado esa técnica, por tanto, había que aguantar el discurso del padre. Al ponerse Ilona al teléfono, se notaba distinta, su hablar parecía una voz de ultratumba, de otra dimensión, sonaba como otra persona, es más, no emití ni una palabra porque llegué a pensar que habían puesto al teléfono a su hermana menor, no sé si por fastidiarme el padre. Pero luego de todo ese susto, era ella. Me confesó que se encontraba durmiendo, que no esperaba mi llamada y, ante todo, que no había ninguna tarea para entregar mañana. Le dije sabía lo de la asignación, pero que de alguna manera tenía que decirle algo a su viejo y que necesitaba hablar con ella. Se adelantó.

—No me digas que es para hablar del poema que me entregaste en la mañana.

Me desarmó de la primera lectura, así que me fui por otro lado.

—No, no era para eso, era precisamente para saber qué te había pasado durante el día. No les hablaste a tus amigas, no me dirigiste ni una palabra, nada de nada.

—¿Qué quieres que te diga? Tú entras al salón temprano en la mañana y me entregas una cosa así. La leo varias veces, y la verdad es que no entiendo. Querías demostrarme que sabes escribir un poco, que ves diferentes a los demás, o te comportas como el idiota que eres.

—Bueno, lo de idiota volvió a doler. ¿Qué sucede? Sencillamente quería obsequiarte un escrito. Si eso me hace un idiota, bueno parece ser que voy en camino a convertirme en uno bueno. Si es así, pues perdona.

—Lo de idiota siempre lo he pensado. Lo del buen idiota lo añadiste tú. Es que no entiendo para qué un poema para mí. Muchas gracias, pero ¿por qué para mí y no para tantas otras personas que hay en nuestra escuela? —preguntó enérgicamente.

No me encontraba preparado para todos esos cuestionamientos. Siempre imaginé que nunca preguntaría nada, que humildemente lo aceptaría tal cual es y punto. Sobre las preguntas, ante todo la del porqué del poema, yo no tenía ni la más mínima idea de cómo constatarla. Me senté la noche anterior, lo escribí, pensé en miles de cosas, luego pensé en ella. Cero ciencias y cero teorías en todo esto. Raquel nunca me cuestionó por qué le escribía, lo hacía y ya. La indagación de Ilona me tomó desprevenido, no poseía respuestas concretas, o tal vez sí, pero no estaba preparado para darlas. El hecho que se molestara por lo que dijera el poema, que la confundiera, y me dejara de hablar había logrado elevar la ansiedad. No poder conectar con ella desde otra esfera. Toda la energía que absorbí en mi relación con Raquel, aquí fue desmantelada, alterada, cuestionada, pero resolví fácilmente.

—Pensé que querías leer otras cosas, nada de escritos formales, obligados por las clases, solamente eso.

Largo silencio. Prolongado silencio.

—El poema es muy lindo.

Al decir esto, colgó el teléfono y me dejó con las palabras y las emociones en la punta de la lengua. Fue suficiente enterarme que le gustó. Ya faltaba una semana para finalizar el año académico y el verano estaba a la vuelta de la esquina y luego nuestro último año.

Durante ese periodo hablamos por teléfono en varias ocasiones. Las conversaciones fueron escalando en tiempo y en los temas discutidos. Ella había encontrado un trabajo en una tienda de ropa en uno de los tantos centros comerciales que se acumulaban en nuestra realidad. La visité una vez a su trabajo. Allí me comentó que me notaba cambiado, le dije que podían ser los continuos viajes a la playa y las diferentes actividades que realizaba desde el inicio del verano. No volvimos a hablar ni del poema ni sobre mi escritura, pero los largos diálogos los dedicamos a conocernos mejor. Yo me dediqué a enamorarme y a procurar que ella pensara más en mí. Lo primero sucedió muy pronto. La primera noche del verano que no pude comunicarme con ella me pareció una eternidad la vigilia, y su voz se fue diluyendo en tantos sueños de limitada duración. A la mañana siguiente me planté frente al espejo del baño, y me dije una soberana verdad *Se te nota lo de pendejo*. Ese día supe qué era extrañar vigorosamente a una persona. Lo había sentido con Raquel en un principio, pero no con la intensidad de aquella mañana. Ese mismo día eludí visitar, por primera vez, la playa en toda la temporada. Tenía un desagradable sabor en la boca, una ansiedad oculta, de esas mal intencionadas, que fue invadiéndome en figuras, en ensoñaciones, en múltiples formas que no me dejaban bien parado. Comenzaron los horribles espejismos, las imágenes inconexas, los cuestionamientos, las inseguridades. Todo eso solamente por el hecho de no poder hablar una noche con Ilona. En ese instante vi mi necesidad por construir alrededor de ella una dependencia por escucharla y que me escuchara. En aquel tiempo no podría hablar de conexión, desconocía si ella pensaba y sentía lo mismo. Se mantenía distanciada en nuestras conversaciones, no era dada a las confesiones impulsivas, no se abría con facilidad a las revelaciones. Necesitaba espacio, tiempo, y una dedicación continua por mi parte, a través de preguntas, pero también de mis confesiones, de brindarle una confianza que yo no dudaba en regalarle. Aunque nuestras llamadas duraban horas, era poco lo que rescataba de ella. Vivía en total desconocimiento de lo que la abrigaba. Al menos llegué a conocer sus bandas de música favorita, algunos aspectos superficiales de su familia, la excelente relación que sostenía con su hermana menor. Pero no encontraba el punto central, neurálgico, de sus sentimientos. Luego del tortuoso día en que no escuché su voz, me llamó la siguiente mañana. En la manera en que me dirigió la palabra, no parecía haber notado que no conversamos la noche anterior. Por el contrario, continuó como de costumbre, primero un saludo, luego algunos comentarios banales sobre cosas banales. Yo seguí la corriente, no intervine mucho, no comenté nada de cómo me sentí el día anterior. Era mediados de julio, faltaban solo tres semanas para el inicio de clases de nuestro último año académico, nos graduaríamos al final de este, luego cada uno iría a la universidad seleccionada, o, muchos de nosotros, a la universidad que nos diera la oportunidad de entrar. Por supuesto, ella ya había decidido universidad y carrera. Yo, por el contrario, no le había prestado mucha atención, en un momento sabía que tendría que hacerlo, pero el verano no sirvió para esos menesteres. Tenía que tomar en los próximos meses el examen de ingreso, luego escoger profesión. Mis padres nunca presionaron, pero sé que se encontraban preocupados por mi falta de interés en el asunto, igualmente por las horas muertas sentado junto al teléfono o escuchando música en el cuarto. Había perdido la pasión por la lectura, porque descubrí un mundo distinto al leído. Luego del fracaso del primer poema, no hallé ni espacio ni voluntad de sentarme nuevamente a escribir. En las madrugadas, pasaban por mí algunos amigos, en un automóvil a punto de morir, que nos dejaba en cualquier esquina, y entonces debíamos salir de él y comenzar a empujarlo para poder encenderlo de nuevo. No tenía acondicionador de aire, ni radio, por tanto nos dedicábamos a cantar hasta llegar a la playa. Allí nos quedábamos todo el día y siempre regresábamos cantando, exceptuando los momentos que tocaba empujar el auto. Era muy curiosa la forma como nos miraban en la carretera, el auto de Adrián tenía alrededor de doce años, y era multicolor y multiforme. Ninguno de nosotros quería sentarse en el lado del pasajero, ya que le faltaba la mitad del piso. Los días de mucha lluvia sufríamos muchísimo, el auto (debemos llamarlo así, le dolía menos a Adrián) se inundaba de agua y el motor se resistía a funcionar. Miles fueron las veces que nos dejó a mitad del camino y no quedaba más remedio que esperar el camión del remolque. Así, entre la playa, el auto a punto de expirar, y las llamadas telefónicas de Ilona pasó el verano. El día que no llamó, los amigos se sorprendieron cuando les dije, al siguiente día, que no iría a la playa con ellos. Adrián me llamó temprano para dictarme los planes, que por cierto eran siempre los mismos. Se molestó con mi negativa, entendí con su reacción que en aquellos momentos habíamos formado un gran grupo de amigos, que diariamente deseaba pasarla bien, no pensar mucho, más bien vivir, tratar de comernos el mundo. Pero ese día ellos debían conquistar lo que quedaba de ese mundo sin mí. Numerosas veces Ilona me comentaba que me había visto con los colegas caminando, casi corriendo, detrás de un auto. Le decía que era nuestra iniciación a la vida bohemia. Primera regla: un auto que no funcione del todo.

A pesar del primer contratiempo, durante el verano continuaron nuestros diálogos. Me hablaba de las reuniones familiares que obligatoriamente tenía que asistir, de la planificación del quinceañero de la hermana menor, al que estaba invitado, si quería ir y, muy importante, si encontraba cómo llegar al local de la actividad. Acepté sin ningún reparo al momento, y le comenté que de llegar yo me encargaría. El quinceañero estaba pautado para la segunda semana de agosto, ya el año académico estaría en marcha. Una noche de julio, y sin ninguna introducción al tema, me preguntó.

—¿Sigues escribiendo?

—Sí, todos los días, después de hablar contigo —no supe qué contestar, así que improvisé.

—¡Ah sí, qué bien! Y por qué no me entregas uno el primer día de clases en agosto, en el patio, antes de la primera clase.

—Seguro.

Esa contestación salió de un insólito lugar, de una oscuridad inconmensurable. Me había solicitado un poema, pensé que el primero había sido suficiente, y que no quería saber más sobre el asunto. Esto representaba un problema, después de la fresca mentira tenía que producir algo en varias semanas, pero ¿qué? Me sentía cómodo hablando con ella, pero luego del día de su ausencia, su presencia asumía un gran espacio que me colmaba y me confundía a un mismo tiempo. Primero, la invitación a la fiesta de la hermana menor y, segundo, la petición de un poema. Debía afrontar esto ya, necesitaba de ella y quería estar con ella, era obvio. Todo eso se presentaba palmariamente en mi cabeza, pero cómo expresarlo con la claridad que yo lo entendía. Tomé valor y decidí lo siguiente, para bien o para mal, primero una poesía como solicitado y luego una declaración. Eso es todo. Ir directo. Raquel se escapó sin dejar rastro. Pero Ilona estaba allí, presente en su totalidad, debía saltar, tomar, sin ninguna precaución, el tren que se acercaba a la estación. No había vuelta atrás. Tenía que enfrentarme a mí mismo, a mis ansias, a mis temores. El primer día de clase, un poema.

No observes la acumulación de rostros en mi espejo.
Fíjate,
inquebrantable,
en las múltiples caras de la mañana,
en las muchas sonrisas que no nacen en vano.
Abraza a esos labios,
que se dirigen hacia ti
y hacia todos tus rostros.

En la madrugada había terminado con el escrito y lo había colocado entremedio de las páginas de una de mis libretas, una de esas de portada y contraportada negra con una variedad de formas blancas. Dormí confiado de la decisión tomada de escribir, y de la posible consolidación de una relación en sus comienzos. La escritura ardía en su propio deseo. Era el paso definitorio para entrar a un extraño cosmos. Ahora debía construirme desde y para Ilona. A pesar de estar tranquilo, esa noche se me hizo difícil conciliar el sueño. Vagué por todas las esquinas de mi pequeña cama y un sinnúmero de imágenes inconexas se liberaron en los pocos minutos de sueño que logré alcanzar. Cuerpos desconocidos en caras conocidas, ratas negras corriendo por los pasillos de una escuela, mientras entraba en cada uno de los vacíos salones de la misma. Al salir de las aulas me encontraba nuevamente con los rostros, podía ver que sus labios se movían, pero no entendía, no comprendía lo que me querían decir. Me acercaba cada vez más, me hablaban pero no escuchaba, esos rostros tenían todas las marcas faciales de un mudo grito, de un grito sordo para mí. A los rostros se les fueron difuminando las expresiones, mientras seguían emitiendo esos desconcertantes y silenciosos alaridos. Reconocí, al despertar, que todo aquel caos había sido una pesadilla, pero nunca comprendí su significado. A decir verdad, nunca quise entenderlo, no pregunté, no inquirí a ningún profesional de los sueños su opinión. Eso sí, me desperté asustado, pero luego de algunos segundos consideré que se debía a todo lo planificado para el primer día de clase. No le di a las perversas imágenes la importancia que se merecían, simple y llanamente las ignoré al levantarme y preparar la mochila para el inicio de mi cuarto año de escuela superior. Unas polos de color azul eran lo que nos distinguían del resto de los estudiantes, eran los símbolos de la diferencia, y marcarían nuestro estatus: la clase graduanda. Me levanté ansioso, me duché con ligereza, me vestí con el polo azul, puse colonia en una pequeña toalla que siempre echaba dentro del bulto por si la necesitaba. Organicé los libros, las libretas, abrí con mucho cuidado la que trasportaba el texto escrito. Le di una última lectura y lo guardé. Tomé mi mochila y me dirigí a la parada del transporte público que me llevaría cerca de la entrada de la escuela. Al llegar, por cierto muy temprano, eran escasos los estudiantes que pululaban por los alrededores del colegio. Algunos estaban sentados en los bancos cercanos al patio central y otros paseaban por el mismo. Nadie tenía permiso para andar por los pisos o por los pasillos de la escuela exceptuando los maestros, hasta que no sonara el timbre de entrada. Todos deambulaban por el claustro central o en la cafetería aledaña. Entré a la escuela, crucé el patio y tomé asiento en una de las mesas de la esquina, allí podría ver cuando llegara Ilona. Al pasar del tiempo se fueron acomodando algunos amigos en la mesa, platicamos de lo bien que estuvo el verano, de las hazañas y de algunas locuras realizadas, de las nuevas parejas de novios y de la posibilidad de ver nuevos estudiantes para este año, sobre todo las chicas provenientes de otras escuelas de la ciudad y que habían decidido graduarse de la nuestra. Entretanto, seguía observando el acceso al colegio, pero no, ni ella ni sus amigas habían llegado. Yo continuaba entrando y saliendo de la conversación con los compañeros, pero siempre pendiente, aunque cauteloso, para que ninguno de ellos se percatara de mi insistencia en buscarla con la mirada y, de buenas a primera, pasara yo a ser el tema de burla. Arribó diez minutos antes de que tocara el timbre. El patio se encontraba repleto, pero alcancé a divisarla en la entrada principal, bajando las escaleras para reunirse con algunas compañeras. Salí corriendo, sin darme cuenta que había dejado la mochila en la mesa. Varios amigos gritaron al unísono mi nombre y, a medio camino, me percaté de lo que me faltaba. Regresé, me eché al hombro la mochila y me dirigí hacia ella. La encontré de espaldas, dialogando con una muchacha, me llevé el dedo índice a la boca, solicitando silencio, me acerqué a ella, y coloqué ambas manos en sus ojos, sin tocar su rostro. Ella dio un diminuto brinco, como de susto, de sobresalto, rió profundamente, y preguntó quién era. Pero el silencio se mantuvo, el mío y el de su amiga. Comenzó a tocarme las manos para ver si las reconocía, dijo varios nombres, ninguno el mío. No adivinó. Decidió girar y cuando se enfrentó a mí, gritó y me abrazó enérgicamente. Su reacción me confundió. Nunca pensé que mi atrevimiento tuviera esos dividendos. Seguidamente al abrazo, situó sus manos en mis mejillas y exclamó.

—¡Qué! ¡Imposible! En verdad te ves cambiado. Ahora sé que disfrutaste el verano, tienes un color hermoso.

No supe qué contestar a esa aseveración, así que dije lo primero que pensé.

—A ti también te vino bien el verano, te ves preciosa —fue lo primero que llegó a mi mente. Continuó la conversación con la misma espontaneidad, habló del quinceañero de su hermana menor y otros temas más. Al oír el timbre, le pedí que no entrara al salón, tenía algo para ella. Vimos a los estudiantes subir las escaleras, entrar a los salones, antes de que sonara el segundo y último timbre, antes de que nos dieran los deméritos por llegar tarde, abrí la mochila, busqué la libreta seleccionada y saqué de esta la hoja de papel. Se la entregué, ella la tomó con la mano derecha, me preguntó qué era.

—La deuda que tenía contigo —le contesté.

Sonrió, abrió la hoja y leyó el poema apresuradamente. Volvió a sonreír, movió su cabeza como negando algo, me miró directamente, y cuando me iba a decir algo, sonó el segundo timbre. Había que correr, subir y llegar al tercer piso y luego al salón, no podíamos darnos el lujo de descontar puntos el primer día de clase. Además, siempre amenazaban con cancelar el baile de graduación si llegabas a cierta cantidad de deméritos. Aunque en el primer semestre yo había llegado y superado el número límite permitido, pero de todos modos, me gradué y bailé esa noche, aunque no con Ilona. Corrimos y subimos lo más rápido posible esos tres pisos y arribamos un poco tarde al salón de Lengua y Literatura, nuestra primera clase en el programa académico. Después del leve regaño, la maestra dio la bienvenida a todos al nuevo año escolar. Nos tuvimos que sentar en los pocos asientos disponibles. Por cierto, uno muy retirado del otro. No perdí de vista dónde ella se sentó. Durante toda la clase la estuve observando, noté que mantenía consigo la hoja que le entregué, creo que la leía, pero no podía definir sus gestos, sus expresiones. En un momento me buscó en el salón. Así pude apreciar la brillantez en su rostro, delicado y radiante, pero no escuché de primera mano su reacción. Esperé, sin abordarla, hasta la hora de almuerzo. Solo faltaban dos clases más. La buscaría en la cafetería y le preguntaría qué pensó del poema. Me tranquilicé, atendí y escuché completamente las tres clases. Al sonar el timbre para el almuerzo, fui tras ella, bajando cada escalón de una larga escalera que llevaba hasta el primer piso de la escuela. De allí, caminar por el pasillo, pasar frente a la oficina de la directora y llegar hasta la mitad del mismo. Otra escalera me llevaría hasta el patio central. Cruzar el patio central, tomar la derecha y entrar a la ruidosa y abarrotada cafetería. Pero antes de terminar ese largo recorrido, una mano me interrumpió el camino. Alcancé a ver que era Ilona, y, en el medio del tumulto de estudiantes bajando rápidamente las escaleras para llegar al lugar del almuerzo para no tener que hacer una larga fila, le pregunté por el poema. Me tomó de la mano y me llevó al salón de Historia, en el segundo piso. Me comentó que le había gustado más que el anterior y que debería seguir escribiendo. Me comprometía a escribirle uno para el próximo lunes, así tendría tiempo para poder inventarme algo. Nos quedamos en un estridente silencio, no hallaba más palabras, a lo mejor ella pensó que solamente quería su opinión sobre el escrito. Eso no era del todo cierto, tenía otros intereses, otros deseos, que no había compartido por teléfono, ni menos en persona, como nos encontrábamos en aquel momento. Uno frente al otro, en un magistral silencio. Ella sonrió y aprecié algo distinto, tenía una pequeña línea exactamente debajo de su ojo izquierdo. Era diminuta o es diminuta, ahora no me he podido fijar, estoy muy lejos, la marca era casi invisible, solamente cuando sonreía se dejaba ver, se expresaba. Me quedé observándola con detenimiento, hasta que me sorprende.

—¿Todo bien?

—Sí, todo muy bien. Solo que no había notado la línea debajo del ojo izquierdo.

—Bueno, eres de las pocas personas que la han notado. Al parecer sale cuando me sonrío o cuando lloro. Y no es precisamente una línea, es un tipo de lunar muy raro, que brinda un efecto linear con ciertas expresiones del rostro de la persona que lo tenga. Creo que tiene vida propia, se deja ver solo en los momentos de alegría o de tristeza —dijo.

Suelto una carcajada. Muy espontánea para mi gusto.

—Y ahora, ¿de qué te ríes? —preguntó.

—Creo que tienes un lunar de dos caras. Una es la tristeza, la otra es la alegría, aunque hay personas que lloran de felicidad o por lo menos eso dicen.

—No creo, la felicidad no puede engendrar lágrimas.

—Tal vez sí. Yo qué sé. A lo mejor la felicidad es un instante, algo efímero que no volverá y la vida es nada más que eso, la perpetua búsqueda para recuperar ese instante.

—¿Cómo saber si esto es ese instante? ¿Cómo reconocer que este preciso momento puede representar la felicidad que tienes reservada para toda la vida? Cómo comprenderlo, si no es cuando se ha ido, cuando desperdicias el resto de una mediocre existencia en recuperar aquello que una vez definimos como un momento feliz o, peor, la felicidad. Para mí todo eso es patético, que si la felicidad vive en ti, que debes buscarla dentro de uno, ya que todos esos ideales me aburren gracias a ti.

—¿A mí? ¿Por qué gracias a mí? —cuestiono sorprendido. Por todas estas nuevas ideas, tiene indicios de una profunda transformación, yo diría más, una transfiguración inesperada.

—Todas las conversaciones que sostuvimos en el verano me ayudaron a ver la vida un poco distinta. No sé, pienso que tengo otra óptica de lo que me rodea y también de lo que quiero para mí. Cosas menos complejas, más fáciles, ¿me entiendes?

—Creo entender, pero esas cosas menos complicadas no deben alejarte de ese instante afortunado o agradable que pudiera ocurrir en cualquier momento. El lugar no importa nada, el patio de la escuela, en tu casa, en tu trabajo o a lo mejor en un salón

—No vuelvas con tus ilusiones o, mejor dicho, tus alucinaciones. Fuera de las paredes del colegio hay un mundo real que no nos pertenece, se nos niega continuamente, y debemos estar preparados para ello. Vibrar efímeramente con tus poemas es una cosa, saber cómo sobrevivir lo que se aproxima luego que nos graduemos es otra muy distinta.

Me asombré. Era otra persona. Sé que muchos de estos cuestionamientos los habíamos discutidos someramente, pero lo que veo y siento es otro ser, una persona preparada para lo peor, presta para la vorágine. Quiero inquirir un poco más sobre este giro de tuerca en su actitud, hacer una forma de arqueología y ver qué rastros quedan de la anterior. Me instalo para excavar un poco más, cuando ella interfiere y pregunta.

—Y tú, ¿estás preparado para el cambio?

—Yo estoy en cambio permanentemente, así que será otro de tantos.

—Sí, suenas nada menos que como todo un adulto.

—A lo mejor ya he salido de la pubertad o a lo mejor me faltan veinte, veinticinco años más y la superaré.

—Viniendo de ti no me extrañaría en lo absoluto, vivirás en una eterna pubertad.

—Gracias por el cumplido, creo haber vivido un instante de felicidad.

—Me alegró poder ayudarte.

—¿Y tú?

—¿Yo qué?

—¿No crees en los instantes felices?

—Hasta ahora sí creía en ellos. Pero si considero que ha llegado alguno te dejaré saber, para que me lo puedas definir.

—Espero que te llegue sin aviso, y que te tome por sorpresa, tal vez así comiences a creer realmente en algo.

—Si tú lo dices. Pero, por qué pensar que me sucederá algo en lo que tú mismo has dejado de creer. Al final, ¿quién sabe? Me tengo que ir, el lunes en la mañana espero el próximo texto.

—Seguro que sí. — Y salió del salón de clases y la vi dirigirse a las escaleras que la llevarían al patio. Me quedé solo en el salón de Historia, meditando la breve y profunda conversación que sostuvimos. Lo resumí ligeramente, debía confesar directamente lo que sentía por ella.

Podría ser que le llegara ese instante que tanto renegó minutos antes, y que no existirá para ella. O, por el contrario, podría ser el catalizador que me llevará a no ver más su distintivo lunar. Tenía que averiguarlo, arriesgarme, tirar a todo, la próxima semana era el quinceañero de su hermana menor y yo, en teoría, debía ser su pareja. Resuelto. Olvidarme del poema, ese lunes recibiría una corta carta con mi declaración. Ella esperaría una hoja de papel, entonces, yo aprovecharía esa expectativa, la del papel, la del poema, y en ella la posibilidad de un sí o un no final. Debería planificarlo mejor, no vaya a ser que me convierta en la mofa de toda la escuela, que me tomaran de punto para el vacilón y figure yo como el payaso de la clase graduanda. *¡Que se joda!* Me declaro y ya. Considerando que hemos desarrollado una hermosa amistad, que pudiera sobrevivir una metida de pata mía, como la que yo pretendía dar ese lunes. Lo más seguro pudiéramos continuarla aunque dijera que no. Me costaría mucho, pero hablando solo pocas personas se entienden. Era un gran paso, realizarlo a lo que saliera. Ya los dieciséis años comenzaban a angustiar.

Esa semana pasó muy rápido. Las diferentes orientaciones en cada una de las clases, cómo serán las notas, cómo se dividirá el semestre, cuáles son los comités para la graduación: el comité para el anuario, el comité para el baile de graduación, el comité para el baile de entrega de la sortija, el comité del día de los juegos de los graduandos, el comité de los estudiantes del programa de honor, el comité de conducta, los comités de aquello y de lo otro. Así se fueron esos cinco días. Como todavía estaba en buen espíritu en parte gracias al maravilloso verano y a la expectativa de la contestación, entré a formar parte de varios comités. Luego de las primeras reuniones, lo lamenté. En todos ellos habría que buscar la manera de conseguir fondos monetarios para cada una de las actividades previstas y pendientes en el año académico. Una de estas acciones era la venta de barras de chocolates de un malísimo sabor, casa por casa. Cada estudiante tenía la obligación de llegar a una cuota predeterminada, pero aquellos audaces, con visión de futuro, con visión empresarial (palabras exactas de la directora de la escuela) que vendieran el doble o el triple de la cuota requerida recibirían premios especiales. Conocí a tres con esa visión empresarial del futuro, y llegaron a vender hasta doscientos de esos chocolates. Hasta el día de hoy no han recibido los maravillosos regalos prometidos por nuestra "carismática" directora. Eso sí, han recibido una y otra vez las burlas de todos nosotros en las reuniones de la clase. Por el contrario, vender mi cuota fue muy difícil, al no tener una familia extendida, solicité encarecidamente a mis padres que me ayudaran en la venta de los malditos chocolates. Cada uno se llevó una mitad de la caja a sus respectivas fábricas. Tardaron tres semanas en poder terminar con todas las unidades. Además de la venta de chocolates, organizamos a través de los meses lectivos distintas fiestas en las casas de varios estudiantes, para así ahorrar el alquiler de los lugares de actividades. En estas celebraciones cobrábamos un mínimo en la entrada, asimismo algunos de los estudiantes hacían de DJ. Así también ahorraríamos dinero. La pasábamos muy bien esas noches, bailábamos hasta entrada la madrugada, de vez en cuando alguien, sin querer, vertía algún líquido de dudosa reputación en los vasos de jugos naturales. A fin de cuentas, seguían siendo reuniones sanas, nos vestíamos de negro en algunas y en otras todo de blanco y a bailar. Así se organizó, por ejemplo, la recolecta de dinero para la actividad de navidad de la clase graduanda. No era una clase numerosa, éramos alrededor de ochenta estudiantes, los suficientes para acumular una cantidad de dinero razonable para realizar el gran baile de graduación. Precisamente nuestra primera semana de clases fue una de planificación de todas esas actividades que cruzaron el semestre. Esos primeros días las actividades me mantuvieron ocupado, pero fue durante el fin de semana que las pesadillas regresaron. Las ratas, los cuerpo deformes, tuvieron como lugar de encuentro mi mente. En ese fin de semana dormí y descansé poco y la ansiedad se acrecentó. Debía escribir lo más sencillo posible las palabras para Ilona, pero no descubría ni la voluntad ni el valor para concebirlo. Ese sábado garabateé varios términos, pero resultaron frases sin sentido. Quería utilizar palabras agradables, convincentes, que le gustaran, mas no pude. A las tres de la mañana del lunes escribí lo

siguiente *¿Quieres algo serio conmigo?* Al principio me mofé de mi ocurrencia, parecería una pregunta de examen de escoge si le añadía el Sí o No.
Lo dejé como estaba. Después de tantas vueltas en mi cabeza, de tanto
nerviosismo gratuito, escribí la más cándida pregunta. Mucho nadar para
ahogarme en una gota de agua. Debió ser la consulta más importante, y
resultó ser la más pendeja. Así es la vida. No se me ocurrió nada más. Le
había escrito un par de poemas, luego llego a semejante pregunta. Pensé,
en mi somnolencia, que si me decía que no, le podía comentar que solo
era una broma. Ella esperaba un poema, y yo decidí hacerle una pequeña
maldad. Ahora, que lo analizo desde la distancia que te brindan varias
décadas, eso fue "conmovedor" hasta la médula.

Aquella mañana había llovido, el suelo del patio interior estaba
mojado, las mesas y las sillas también. Todos se habían ubicado dentro de
la cafetería. Los grupos de amigos haciendo los mismos cuentos, algunas
parejas buscaban la esquina perfecta y uno que otro estudiante, acompa-
ñado por un café, trataba de abrir los ojos. Era muy temprano, Ilona no
debía estar ni cerca de los alrededores de la escuela. Busqué una de las
mesas centrales, coloqué la mochila sobre la misma y me senté. Estuve
largo rato mirando entrar a los demás alumnos, los saludos efusivos,
los besos en las mejillas, los abrazos que iluminaban la madrugada.
Inadvertidamente la cafetería fue llenándose de los estudiantes y maestros que no querían mojarse en el nuevo aguacero que había comenzado
a caer. Desperté, de momento, de una de mis ensoñaciones para averiguar
si había llegado. Vi a varios de mis amigos acomodarse alrededor, los
saludos sin mucho fervor, mientras arrojaba otra mirada. No había rastro
de ella. Abrí la mochila, encontré el cartapacio donde guardé la nota.
Resolví doblarla exactamente como lo hacía con los poemas, la escribí en
las mismas hojas cuadriculadas. No cabría duda para ella que ese era el
poema esperado, para mí, por el contrario, significaba el umbral que me
podría llevar hacia otras esferas, a una efervescente relación. Esto significaba un pasar de páginas, la escritura de nuevas experiencias que hasta
entonces se me habían negado, una búsqueda que se complementaría
solamente con una palabra: *Sí.* Dentro de aquellas primeras ensoñaciones

del día, recibí imágenes de cómo Ilona daría su contestación, de cómo yo reaccionaría a su respuesta, si debía tomar de su mano y llevarla lejos, en alguno de esos salones vacíos del cuarto piso, acercarme a ella y besarla. O, ser más enérgico, más determinante y plantarle un beso frente a todos, y demostrar, con ese gesto lo que sentía. O, tal vez, esperar a la salida de este lunes, ver que todos hayan partido a sus casas y solicitarle, con humildad, un beso. Todo esto venía y se iba en representaciones efímeras que bullían en mi cabeza. Es curioso, pero cuando sueño despierto tengo cierto control de las imágenes, que al final me hacen sentir mejor. Pero, al llegar la noche, al entregarme al sueño profundo, esas figuras, esos pensamientos, se trasforman en una suerte de metamorfosis en donde reina la confusión, los cuerpos inconexos, los animales que vagan por infinitos pasillos. Suficiente de esto, debía estar alerta, aprovecho y le pregunto a uno de los compañeros si la ha visto. Primero, me mira sorprendido, para luego darme una negativa. Me levanto, recojo todas mis pertenencias y comienzo a caminar por cada una de las mesas del café, indago en los grupos sentados, pregunto a las personas que encuentro de pie, mientras la lluvia arrecia y fluye desde un cielo gris. Sigo en mis indagaciones hasta toparme con ella. Estaba sentada, sola, sin ninguna conocida a su lado, en la última mesa. Así de crueles se presentan las oportunidades. Cuando se han apagado lentamente todos los faroles, hay un golpe extraordinario que alumbra el camino. Respiro profundo (pero eso, ustedes ya lo saben) y camino con ligereza hacia la mesa, coloco la mochila en esta, y me siento, justamente, frente a ella. Parece desconcertarse un poco al verme, a lo mejor no me esperaba tan temprano. Lo cierto es que estoy frente a ella y lo único que puedo balbucear es *Hola*. Al principio me contesta con sobriedad, luego va soltando el asombro.

—Me debes algo. Lo estuve esperando todo el fin de semana, ya que no me llamaste.

—No pude, estuve ayudando a mis padres en varias tareas de la casa —miento para enmendar el olvido—. Pero aquí estoy, y te traje lo que esperabas.

Se me queda mirando fijamente, mientras va dibujando una de esas inmensas sonrisas, esas que dejan al descubierto su lunar. Sé que me sonrojo un poco, pero sigo con lo previsto. Extraigo la hoja plegada y se la entrego. Le comento que tengo que ir a resolver algo de alguna clase y ella responde que no, que debo quedarme.

—Quiero leerlo frente a ti, siempre entregas el poema y te retiras. Hoy no, espera a que yo lo lea.

Comencé a tiritar, primero las manos y luego las piernas. Estaba, literalmente, asustado. Las gotas de sudor comenzaron a navegar desde mi frente, desde mi espalda. Tomó la hoja, fue abriendo cada uno de los pliegues y la leyó. Tomó un hondo respiro, también hubo un pequeño suspiro, y, de momento, dejó caer varias lágrimas en la hoja. No me miró, y, desde mi perspectiva, tropecé con un enorme sigilo. Ella bajó su cabeza y la depositó, entre los brazos cruzados, en el húmedo papel. Mantuvo tumbada su cabeza por varios segundos. La levantó, tomó el papel, lo plegó siguiendo la forma original de los dobleces que yo había realizado con una esperanza que parecía desvanecerse con cada una de las lágrimas que siguieron brotando de sus ojos. Se limpió la cara al percatarse que llegaban a la mesa sus amigas. Estas comprendieron que pasaba algo al ver sus ojos enrojecidos. Ella inhaló profundamente, generando un ruido grave y, mirándome, movió la cabeza con un gesto negativo. El papel lo sujetó con su mano izquierda y lo guardó con brusquedad en su bulto escolar.

—Hola muchachas —saludó por cortesía—. Tengo que ir al salón, no terminé la asignación de Lengua y Literatura, y creo que es para entregar hoy.

Las amigas afirmaron en silencio la aseveración y salieron apresuradamente de la cafetería. Me quedé sentado, vacío, sin ningún pensamiento, sin palabras. Era una carencia rara, difícil, diría hasta imposible de explicar. Nunca antes había sentido una extrañeza igual, me sentía como en otro lugar. No existía nadie para mí en aquel espacio saturado de estudiantes. Cuando por fin me fui incorporando, noté que no llovía más y que los alumnos subían las escaleras para llegar a sus respectivas aulas. Al

parecer también había sonado el segundo timbre de entrada. Sacudí con
violencia la cabeza para despertar del letargo en el que me había sumergi-
do. Sabía que la encontraría en el salón. En definitiva, no poseía ni idea
de cómo acercármele, qué decirle, cómo actuar. No me preparé para una
contestación de esa naturaleza, ni tan siquiera una reacción como la que
acabo de experimentar. En verdad las lágrimas son símbolos difíciles de
leer, se pueden asumir como alegría, tristeza, coraje, rencor y unos cuantos sentimientos más. Pero, la forma brusca de tomar la hoja y guardarla,
el devastador silencio y, ante todo, aquella mirada que hizo detener al
mundo, no son más que detalles de una emoción indefinible. No queda
de otra, tratar de hablarle, de acercarme para poder escuchar de sus labios
lo que ha sentido, no importa la terrible consecuencia de un acto que ayer
me parecía valiente, y que hoy ha comenzado a saberme a imprudencia, a
necedad. Me mezclé en la muchedumbre de estudiantes que intentaban
subir las escaleras que van del patio hasta el primer piso. Vagué indistin-
tamente por el pasillo del primer piso hasta llegar a la esquina donde
comenzaban las otras escaleras. Subí escalón por escalón, interrumpido
por las muchas personas que se incomodaron por mi paso lento. Varios
estudiantes decidieron aumentar la velocidad de ascenso golpeándome el
hombro izquierdo. Algunos pasaron con más aplomo para poder insul-
tarme y, a su vez, recordar a mi madre. Qué culpa tendría ella, pensé.
Todos, excepto yo, tenían noción de cuán pausado en realidad yo iba
subiendo las escaleras. Intenté meditar la posibilidad de escaparme del
colegio, irme a caminar por la ciudad, ir al cine, llegar a la noche a mi casa.
Al pensarlo con detenimiento, me di cuenta de que hasta ese momento
nunca había planificado, ni concretado una fuga. Era el día perfecto, luego
de la confusa escena en la cafetería, no estaría mal largarme de este lugar,
llevar a cabo varias de las cosas vedadas. Pero era tarde, la duda había
calado un hueco profundo dentro de mí. Llegué al tercer piso, y ya los
planes de fuga se habían esfumado, solamente tenía presente la mirada y
las lágrimas de Ilona, que comenzaban a causarme un estado de deses-
peración al momento de acercarme a la puerta del salón. Ella estaría allí,

rodeada de sus amigas, a lo mejor mofándose, burlándose de mi acto. Nunca había sopesado la probabilidad de que se hubiera burlado de los principiantes poemas que escribí para ella. La incertidumbre progresó aún más, al pensar sobre el hecho de que compartiera con sus amigas, y a saber con quién más, esos textos que poseían un valor para mí. Consideré la complicidad que hubieran desarrollado, las conversaciones sobre mí, las notas escritas hablando sobre la cursilería de los escritos. Decidí virar, dar unos pasos hacia atrás, y creo haber sentido las miradas y las risotadas de los compañeros asomarse por el borde de mi espalda. La temperatura del cuerpo se disparó súbitamente, el estómago comenzó a arder, y sé que toda mi piel se enrojeció, cada una de esas presuntas miradas inundaron mi cabeza de los posibles comentarios que tendría que enfrentar en la escuela, todos los que no imaginé anoche escribiendo la jodida nota. Un voraz arrepentimiento se apoderó de mí, hasta que visualicé un diminuto animal negro correr hasta el fondo del pasillo, aunque no pude aseverarlo con contundencia. Desperté de esa marejada y entré al salón, pasara lo que pasara.

En ocasiones resulta difícil creer, pero es muy cierto, las puertas físicas, las que se adhieren a los edificios, aquellas que utilizan las personas para entrar y salir de estos, se convierten, en momentos, en simbólicos umbrales, cargados de una variada gama de sentimientos. El hecho de encontrarme frente a una puerta, a la que nunca le había brindado la más mínima atención, ahora se transforma en un límite para mí. El pasillo donde me encontraba era un lugar que me mantenía a salvo. Me libraba de tener que enfrentarme a una realidad, por más imbécil que parezca. Aunque con el tiempo pasó a ser una experiencia necesaria para evaluar mi decisión de acercarme a Ilona y a las futuras implicaciones de esa resolución. En unos cuantos minutos aquel pasillo frente a la puerta del salón se constituyó en una suerte de fortaleza, valga aquí todas las acepciones del diccionario, y me permitió tomar un descanso antes de cruzar ese umbral que ya pesaba en mis hombros. No esperaba una reacción así, que lo único que ha dejado son dudas. Por ejemplo, ¿cuánto uno valora una verdadera amistad? A lo mejor esa era la pregunta necesaria, obligatoria, la que debí hacerme en las noches anteriores. En esas horas de continuo cuestionamiento, esa pregunta nunca llegó a salir a flote, no navegó las aguas de la duda o del posible arrepentimiento. Aquí, en este pasillo, solo, sin querer enfrentarme a la travesía de la vida misma. Luego de divagar por un rato, no había advertido que la maestra estaba en el borde de ese mismo umbral, digamos, en el otro lado, mirándome atentamente. Cuando alzo mis ojos, me pregunta si voy a entrar para la clase o si me encontraba meditando en una fugaz huida. Era la primera vez que alguien me podía leer completamente. Escuché una que otra carcajada en el interior del aula y varios comentarios haciendo referencia a mi intención de fugarme. Crucé el umbral y la atmósfera era más sombría de lo que me figuré. Caminé con la mirada puesta en el suelo, no busqué en ningún momento el lugar que ella estaría ocupando. Preferí transitar directo, pasando frente al escritorio de la maestra. Sentía que me observaba cada paso que daba, agucé el oído para escuchar cada risa que iban soltando los compañeros. Llegué hasta la última fila y tomé el primer asiento, como de costumbre estaba vacío. Me deposité en él, puse el bulto en el suelo, lo abrí, y la maestra inició la lección con un repaso de las conjugaciones verbales, empleando como ejemplo un texto de un escritor español, desconocido para mí y, al parecer, para el resto del grupo. Rebusqué en la libreta a ver si tenía algo escrito sobre el tema, pero no, no hallé algo relacionado a lo que la profesora dictaba. Estaba nervioso, empecé a sudar profusamente, gotas de ese líquido salado continuaban bajando por mi frente, por mis pómulos, por mis axilas. Las manos las sentía empapadas. Ese fue el momento que descubrí mi error. Puse en riesgo lo que pudo ser una amistad duradera. Tomé el pañuelo, que siempre llevaba en uno de los bolsillos del pantalón, y fui secando mi frente, mi cara, eliminando ese espeso fluido que delataba la importancia y severidad de la situación. Casualmente, mientras escuchaba a la maestra y me quitaba las gotas del sudor, una de sus amigas me tocó la espalda y pasó, por mi lado izquierdo, una pequeña nota. Las gotas de sudor retomaron su ofensiva, esta vez, en una forma sorprendente. Tanto así, que la nota ya estaba mojada por uno de los bordes. La observé con cierta intensidad, me pregunté si debía abrirla o no, pero qué más daba. La abrí de un tirón, de inmediato me percaté que la letra no era la de Ilona sino de otra de sus amigas y preguntaba algo simple *¿Qué carajo le hiciste a Ilona?* y continuaba: *No quiere hablar, no nos dice nada. Está así desde que entramos en la cafetería. Por lo menos di qué pasó entre ustedes o qué le dijiste para estar ella de esa manera.* Luego de ese enfrentamiento decide firmar con su inicial Z. Leí nuevamente el escrito, el mensaje era claro, algo le sucede y ya tenemos el culpable: Tú. Enfrenté las palabras, y coloqué otras: *No sé exactamente lo que le pasa a Ilona. Tú no eras su mejor amiga, pues pregúntaselo, lo más seguro te hace caso a ti.* Ninguna firma y otro tipo de letra para tratar de disfrazar mi inútil acto de valentía de la mañana. La doblé como llegó, y le comenté a la otra amiga que la pasara a la persona que la envío. Terminó la clase, aguardé en mi asiento, todos se fueron, y procedí a irme cuando la maestra me llamó desde el otro extremo de la pizarra. Me preguntó si podíamos hablar unos segundos sobre mi tardanza, asentí. Ella me señaló lo que entendía eran algunas faltas de mi parte, por ejemplo, el silencio, me mantenía muy callado en la clase y ya no participaba como en semanas anteriores. Otro hallazgo fue que me veía escribiendo mucho, pero en las hojas del final de la libreta o en hojas cuadriculadas que eran específicamente para otras materias. Lo único que pude balbucear fue que cuando pensaba en algo, lo escribía rápidamente al final de la libreta o en papeles sueltos. Era, le dije, una forma espontánea de combatir el olvido. Sonrió un poco por este último comentario y me preguntó si seguía leyendo otros autores que no se encontraban en el silabario del curso. Asentí, y le comenté que me gustaba leer otras cosas, pero continuaba leyendo las lecturas obligatorias, siempre y cuando tuviera el tiempo. En esta ocasión me miró con seriedad, me asusté con mi atrevimiento, al parecer todavía mantenía la figura de Ilona en mis pensamientos. Luego, agradeció la honestidad de mi respuesta. Me despachó y antes de cruzar nuevamente el umbral, me dijo esta oración: *Sigue escribiendo, tal vez, algún día eso será más importante que todas* *las lecturas que hayas hecho.* Ese comentario quedaría fresco en mi memoria por el resto de mis días. Aunque en aquel tiempo y espacio no produjo el peso necesario para borrar de mi mente a Ilona. Pero, con el correr de las experiencias, se convertiría en uno de los consejos que más gravitaría en mi ser.

Salí del salón, caminé hacia la escalera. La próxima clase era un piso más abajo e imaginé que todos ya estarían acomodados. Caminé rápido, descendí las escaleras corriendo hasta tropezarme con Ilona. Fue un día de tropiezos. Quedé aturdido por el accidente, tardé en comprender con quién me había topado. Pedí disculpas, no obstante, hasta el día de hoy no sé si por el golpe o por la carta. Me dijo, en un tono seguro, que no era nada, pero que teníamos que hablar. Le dije que sí, que debíamos dialogar y mucho. Ella me cortó diciendo *Ni tanto.* La frase me supo a mierda, debe ser porque nunca la he entendido. Uno le dice a otra persona "Ni tanto", pero es una frase ambigua, vacía de cantidad y calidad. Puedes preguntar "¿Me quieres?" y la otra persona decir, "Ni tanto". ¿Qué es "ni tanto"? Un poco o que ha crecido solamente un cariño o no me quieres, en fin, una infinidad de respuestas o de dudas, las suficientes para desarrollar una paranoia, para poner en tela de juicio las cuestiones sobre la identidad, razones para el exilio, unas cuantas pendejadas más que no abonan a la tranquilidad. Pero eso fue lo que dijo, final y casualmente *Ni tanto.* Quedamos en hablar a la hora de almuerzo. Faltaban dos clases y el abrumador peso de "Ni tanto" roería mi cabeza hasta el descontento, hasta la saciedad de esa imprecisión. El desconocimiento total de algo causaba y sigue causando en mí una forma de melancolía, que se desarrollaba con el pasar de las horas y de los pensamientos. Acordamos el lugar: un salón que quedaba arriba de la cafetería. Hablaríamos de la carta, como la llamó y de "Nosotros". Me gustó el sonido de "Nosotros", pero, al mismo tiempo, qué significaba para ella en esa precisa coyuntura. Entre "Ni tanto" y "Nosotros" las próximas clases se prolongarían casi hasta alcanzar la eternidad. A decir verdad, no me acuerdo en absoluto lo discutido en las materias de aquellas dos clases. Primero Matemáticas y luego Química. Vi pasar por las pizarras números, letras, fórmulas, postulados, etcétera. Vi acercarse a las pizarras a estudiantes, que escribían en un lenguaje que no comprendía. Creo que alguien escribió en la parte superior derecha de una de estas la frase "Ni tanto". Aunque no recuerdo haber leído en los textos de ambas materias ninguna fórmula con esas especificaciones. Al despertarme con el timbre que anunciaba el fin de la última clase antes de la hora de almuerzo, guardé los libros con exagerada lentitud, como si supiera que me destinaba a una negativa fulminante, de esas que destripan las ilusiones de los mortales, de esas que señalan el camino de la derrota. Sé que sonó nihilista, pero eso era la única zozobra de las horas de clase. Llegué a la cafetería y decidí no almorzar. Cualquier cosa que me comiera no me sentaría bien. Así que la busqué por las mesas, solo localicé a una de sus amigas y esta me dijo que ella se encontraba arriba, esperándome. Ahora, meditando desde este frío aeropuerto, interiorizo la casualidad o causalidad de que los momentos medulares de esta relación se llevarían a cabo en los segundos pisos de nuestra escuela. Y para continuar con la casualidad o causalidad, era ella la que siempre esperaba. Resulta peculiar que sea yo, en el presente, el que espera. Ilona no se ha movido del asiento en los últimos veinte minutos, lo compruebo al mirar nuevamente mi reloj. He notado que ella mira continuamente al suyo, que ha verificado su teléfono móvil en varias ocasiones, y que cierta incertidumbre la habita. Cómo lo sé, no tengo idea, pero lo sé. De eso, estoy totalmente seguro. Su cabello sigue igual de radiante, además de largo y espeso. Tengo curiosidad en saber si sigue oliendo igual, ese mismo olor que percibí al subir las escaleras de la cafetería hacia el segundo piso. La vi al final del largo salón, observaba a través de las ventanas a estudiantes jugando en la cancha de baloncesto justo al lado del patio central. Me acerqué y se volteó rápidamente, me brindó una tibia sonrisa. Caminé hacia ella y le pregunté qué le pasaba, ella respondió que yo sabía. En realidad no sabía nada, le entregué la nota en la mañana y de allí en adelante perdí contacto con ella. Se lo dejo saber y otra sonrisa, esta vez acompañada de un breve soplido.

—Debes saber cómo me siento o al menos imaginar algo. Vamos, ya hace un tiempo que compartimos mucho. Sabes mis gustos, algunos de mis problemas y alguna que otra intimidad. Nos hemos prestado casetes de música, libros y, sobre todo, espero siempre con gran anticipación tus escritos. Nunca imaginé que fueras a pedirme algo así. No sé, me siento rara contigo ahora.

—¿Algo así? —pregunté ofendido—. ¿Cómo que algo así? Suena como si hubiera cometido algún crimen, como si te hubiera solicitado que me acompañaras a robar un banco. ¿Tan terrible es enamorarse? ¿Tan ofendida estás que alguien quiera considerarte más que una amiga? Fue simplemente una nota, una declaración, no fue una sentencia.

—Lo sé, pero ahora en adelante todo cambia. La manera en que te miro, ahora que te hablo. No puedo explicarlo mejor, pero algo cambió.

—Bueno, esa era la idea, que cambiaras un poco la forma en que me mirabas y, ante todo, la forma en que piensas en mí, ¿no?

—No entiendes nada. Yo valoraba lo que teníamos, hablábamos, salíamos, pero ya, nada de complicaciones, nada de etiquetas. Nada.

—Si lo que teníamos era nada, entonces el necio soy yo. Me disculpo, no por la nota, sino por mi imbecilidad.

—No digas eso, no te insultes. Y no es que fuera nada, es que no teníamos responsabilidades. Yo sabía siempre que ibas a llamar o yo te iba a llamar. Había una seguridad, algo dado. La nota convertiría todo eso en una carga, en un tener que hacer.

—Ahora sí que no comprendo. Como tú dices, nos llamábamos, hablamos continuamente en la escuela, nos escribíamos, bailamos en las fiestas, conocemos algo de nuestras familias, qué más da.

—No creo que pueda ser tu novia. Está el colegio, los amigos, las familias, todo eso pesa, todo lo que tenemos se transformaría en una obligación excesiva.

—Está bien, nunca lo pensé de esa manera. Me convertiría en una carga para ti.

—La gente en nuestro alrededor nos ven como amigos y así está bien. No quisiera comenzar a contestar preguntas, a explicarme o buscar excusas para no tener que aclarar las cosas.

—Todavía sigo sin entender. Los amigos, como tú los llamas, ya nos preguntan, indagan en la relación que hemos construido, cuestionan si tú y yo somos algo, si tenemos algo escondido, etcétera. La gente siempre ha sido metiche, solo por saber algo de nosotros, para tener ese algo y contarlo a la siguiente persona que cuestione. Desde hace un rato ha sido de esa manera.

—Sí, tienes razón en eso. Pero en esas ocasiones lo niego, y no tengo que mentirles. A lo mejor no estoy muy clara en lo que voy a decir, pero ahí va. Si te hubiera dicho que sí, siempre tuviera la duda de haberte mentido y no puedo hacerte eso. Mi respuesta es no.

Un trascendental mutismo fue separándonos. Ese minúsculo espacio que nos proveyó la intimidad, nos fue dividiendo, se convirtió en un largo puente después de ese no final. Bajé las escaleras y subí al próximo salón. Al salir de la escuela me di cuenta de que no había hablado con nadie. Tomé el autobús, llegué a mi casa y todo lo demás traté de desterrarlo de mi memoria. No puedo negar que los días siguientes fueron horrendos. Su sola presencia en la escuela fue difícil de asimilar. Demás está decir que se desvanecieron por completo las conversaciones, las buenas notas y los escritos. Busqué instalarme en una rutina que me alejara del territorio de Ilona. Regresé a los antiguos colegas y traté de iniciar una existencia diferente a la que tuve. Las pesadillas afilaban el insomnio hasta que, luego de un mes, el teléfono de casa sonó un viernes a las ocho y media de la noche. Tomé la llamada como otra cualquiera y escuché, del otro lado, su voz que, intermitentemente, pronunciaba mi nombre. Al principio me costó reconocer esa lejana voz, pero luego fue como un estallido. Pude pronunciar en forma de pregunta su nombre. Su afirmación catalizó un nerviosismo inusitado y agudo. No imaginaba qué decir, mientras miles de pensamientos continuaban manando en esos segundos. Hasta que un *¿Cómo has estado?* me regresaba a una realidad incómoda. Sí, no debería negar que fue incómoda, inconveniente. Cuando te debates qué hacer luego de una negativa como la que recibí, inicias ese proceso de duelo (en aquel presente ni lo comprendí, ni lo analicé así) y tratas de sumergirte en los pensamientos repetitivos de lo que pasó, hasta que vacías el recuerdo de todo significado. Durante ese periodo todos me cuestionaban por qué ella y yo ya no caminábamos juntos, no nos veían hablar, no paseábamos más en los centros comerciales, no íbamos al cine, entre tantas otras cosas. Así que aprendí a mentir, a desviar las preguntas y las dudas, y a creerme mis propias mentiras. No puedo cerrarle la puerta a una verdad como esa: la vida está cargada de una dura ficción. La única forma de sobrevivirla es apoderándote de esta, y reconfigurarla a una realidad próxima a la que necesitas. Desarrollé la habilidad de hablar sobre otras cosas, de hacer chistes de mis propias calamidades y moldear las verdades a los pasos que iba dando. Antes de esa llamada, creí haber olvidado lo que de ella vivía en mí. Me volví a joder. Esa llamada regularizó las formas en que fui concediendo la ficción, ante todo, las que confeccioné para mi propio consumo. Ilona seguía al otro lado y yo navegaba en los delirios y desvaríos de unas cuasi verdades que se colapsaban. Mi silencio, tal vez, representó para ella una cierta indiferencia, una manera de hacerle creer que estaba dolido y molesto. En realidad (confusa frase) era la imposibilidad de apoyarme en algún sitio, mientras el castillo de naipes se me derrumbaba. Esa voz implosionó semanas de quimeras y duelos, la sola mención de mi nombre por esta chica deconstruía las hipotéticas certezas que nutrían mis días. El *Sí, soy yo* tardó unos instantes más, mientras las imágenes de lo que había sido ese yo con Ilona no cesaban. Quise escucharla antes, en una de esas eternas jornadas, por ejemplo, el día que recibía la carta de Raquel recordándome lo que me extrañaba, lo mucho que añoraba mis notas, nuestras pláticas. Aquella comunicación telefónica duró tres líneas, acordamos hablar más en el siguiente día de clase. Así que retomamos palabra por palabra, oración por oración, llamada por llamada, conversación por conversación, una emergente amistad, que se vio casi frustrada por mis ilusiones, por mis deseos de tenerla aún más cerca de mí. De ese modo establecimos un pacto silente respecto al

suceso de principios de curso. Nunca lo traje a colación en nuestras char-
las, ni ella tampoco. Eso ya pertenecía a un pasado distante para ambos.
Nunca había existido algo que se pudiera nombrar como nuestro, solamente una amistad que requería de mi paciencia y de mi madurez. En
definitiva, cosas que carecemos a esa edad, otras cosas, que en ocasiones
creemos que son toda nuestra vida, al final desaparecen. Las notas, con
sus sucesivas respuestas, comenzaron un viernes a fines del mes de sep-
tiembre. En el próximo mes, un lunes en la mañana, varios versos míos
llegaron a su asiento.

> Que las aguas que inundan tus impulsos,
> corran desenfrenadas hacia los ríos y hacia el mar.
> Que las aguas que te bañan,
> se mezclen con los océanos y sus temporales.
> Que el calor de nuestros sentidos
> evapore aquellas aguas que nunca te han acariciado,
> y que se conviertan en lluvias
> y que se derramen sobre nosotros
> y sobre todo nuestro incierto futuro.

Algunas palabras para ayudar a lo que fuimos entonces, nimiedades
que fueron reforzando una amistad casi perdida. Recobramos las viejas
palabras, los antiguos gestos. Dejé la ficción para otras ocasiones, para
otras personas. Lo difícil era verla llegar cada mañana, hermosa, optimis-
ta, maravillosa. Buscarla, saludarla, como saludaba a las demás, con un
beso en la mejilla y, a veces, con suerte, con un intenso abrazo. Iniciar la
rutina con los detalles más sencillos. Lo fácil era transformar esas pequeñas experiencias en largos escritos que dejaba en algún compartimiento
de su mochila o en su escritorio y, de vez en cuando, directamente en sus
manos y verla leer lo que yo escribía. Terminé recriminándome cada jornada que me sentaba justamente en el asiento detrás de ella, como ahora
me encuentro, mirando su cabellera, esperando como un idiota un acer-

camiento de su sonrisa, una vuelta de su mirada, y un breve escrito que diera pie a una contestación de mi parte. Esas semanas, en la que sentí que me ignoraba, cumplieron el propósito de hacerme sentir olvidado, solo, con la fabricación de un espejismo que no concluyó. Un espejismo que se aviva desde esta butaca, desde la visión que me brinda este aeropuerto de una mujer madura e igualmente hermosa, que se me escapó dos veces, siendo el golpe más duro que haya recibido. Había echado todo al olvido o por lo menos así lo consideraba hasta verla hoy. Mis facciones han sufrido un gran cambio, mis virtudes se resquebrajaron en los años universitarios. Los versos se convirtieron en conquistas. Múltiples, pero efímeras. Por cierto, en aquellos años era una tontería pensar que buscaba en cada una de ellas algo de Ilona. No creo, por el contrario, buscaba y me seducía todo aquello ajeno a lo que yo conocí de ella. En vez de búsqueda, fue una continua fuga, hasta la noche que llegó a buscarme para comunicarme que se casaba. Además, deseaba devolverme todos los escritos que le dediqué. Entonces, los años a los que me consagré a ese escape, a esa interminable huida, concluyeron de momento. Había vivido en una intensidad y a una velocidad irreconocible, con un frenetismo enfermizo. Aunque nunca se fueron los insomnios, ni las ratas. De vez en cuando infligían su visita.

Busco en mi mochila una vieja libreta que me acompaña siempre. Extraigo de esta una amarillenta hoja de papel. La doblo a la mitad y la dejo descansar en mi regazo. Y entró, nuevamente, al salón de la primera clase, la de Lengua y Literatura. Tomé asiento y pronto hizo aparición. Se sentó frente a mí y, rápidamente, giró y me preguntó qué tenía planificado hacer el próximo sábado. No había pensado mucho en el siguiente fin de semana, así que *Nada* contesté. Me comentó sobre una nueva película que había causado revuelo en otros países y el jueves de esta misma semana se estrenaba en una sala de cine cercana a nuestra escuela. Yo había leído en el periódico una crítica sobre el filme, y luego sobre las muchas protestas alrededor del mundo (para entonces, el mundo era enorme y, en ocasiones, desconocido) y me encontraba interesado. Así que acepté la invita-

ción. Iríamos con varias amigas y pasarían a buscarme a las siete de la
noche del sábado. Marqué el calendario, al que nunca le había hecho
mucho caso y que solo funcionaba para enseñar una foto de una de las
bandas de música que estaban en boga. En el espacio cuadrado del sábado
escribí CINE, sin más detalles. Ni el título de la cinta, ni el nombre del
director. Al parecer, la manera que el director hurgó en la vida del personaje central incomodó a unos cuantos, razón suficiente para ir al cine y
acompañar a Ilona. Llegado el sábado, me fueron a buscar en el automóvil del padre de una de las amigas. No me acuerdo de su nombre, no
estudiaba con nosotros, ella lo hacía en una de las escuelas que estaban a
las afueras de la ciudad. En total eran tres chicas. Traté de vestirme lo más
adecuado posible para ir al cine sin deslucir. Unos pantalones de mezclilla
color azul oscuro, zapatos negros y camisa blanca de mangas largas. Algo
que sorprendió a mi padre y, quien sin más, cuestionó mi disposición y
mis formas, solo para ir al cine. Nada, simplemente eso, voy a ver una
película con unas amistades, al momento que un auto estacionó frente a
nuestra casa y tres voces gritaron al unísono mi nombre. Mi padre se asomó por una de las ventanas del comedor, que precisamente da hacia el
frente de la casa, y se limitó a decir: *Con razón*. Salí lo más apresurado
posible de la casa, no sin antes despedirme de mi madre, que ya se encontraba escrutando la situación desde el balcón. Me presentaron, saludé y
me senté en la parte posterior del auto nuevo, de cuatro puertas, acondicionador de aire, radio con casete y de fabricación europea. Todo un lujo
para mí en aquellos años de recortes y pequeñas miserias. Recuerdo haber
tenido una agradable conversación con el grupo, charlamos sobre compañeros de clase, de maestros, de los amoríos de tal o cual persona, de los
problemas de otros, nunca de los nuestros. En fin, un diálogo ameno para
solventar el tiempo hasta llegar al cine. Cuando arribamos, vimos que no
solo se extendía una larga fila para comprar los boletos, también se encontraba el estacionamiento repleto de personas protestando por la presenta-
ción de la película. Grupos religiosos , grupos en defensa de la *moral,* si se
puede hacer mención de este tipo de organización. Un desmadre absolu-

to; las amigas decidieron ir a comprar los boletos, mientras nosotros hacíamos la otra fila, la de la entrada. Al tiempo que caminábamos en dirección hacia la cola de la fila, distintas personas se acercaban gritando consignas de corte religiosos, por *ejemplo: ¡Arrepiéntete! ¡No veas esta película, arderás en el infierno! ¡Estás a tiempo, confiésate!* Ilona y yo no podíamos creer semejantes actitudes y, menos aún, los comentarios que nos iban vociferando a medida que iniciamos la fila. La noté un poco nerviosa y le pregunté qué le pasaba. Me dijo que se encontraba un poco tensa por la situación, y le comenté que ahora tenía más deseos de ver el filme, y si me quemaba en el infierno, por lo menos no estaría solo. Se sonrió en solidaridad. Sus amigas se acercaban, así que tomé la determinación de no continuar con el tema. Emitimos varios comentarios sobre las protestas, sobre lo que nos dirán nuestros padres cuando se enteren del asunto por la prensa o a través de las noticias televisadas. Ya nos encontrábamos allí, restaba ver la película. Al acceder a la sala del cine, hubo una gran confusión, unas personas entraron rápido, empujando a los otros, y en el calor de los choques nos dividimos. Las amigas entraron primero y luego nosotros. Dentro de la sala las buscamos, pero la línea en que se sentaron estaba totalmente repleta, ninguna butaca disponible. Así que continuamos por el pasillo hasta dar con unos asientos vacíos, casi al inicio de la sala. La pantalla del cine estaba frente a nosotros, nos miramos y nos reímos, será un poco difícil contemplar las imágenes tan cerca de esta. Conseguimos butacas, esa era la prioridad. Al siguiente día leí en la prensa que para esa tanda se vendieron cien boletos por encima del límite establecido, lo que me hizo sentido el enredo en la entrada y el desorden que se engendró. Ya en la sala esperamos por los cuarenta minutos de anuncios y publicidad, y luego el inicio de la función. Era la primera vez que nos encontrábamos completamente solos en el cine. En otras ocasiones habíamos ido con un grupo de amigos de la escuela. Pero esa noche en particular, la emoción de verla totalmente alejada de sus amigas, de sus excusas, brindaba una situación inédita. Desde el principio, la atmósfera del largometraje brindaba sus tensiones a la audiencia, así que el silencio y la expectativa, colmó la sala. Creo que a todos, porque la mirada de Ilona no se despejaba de la multiplicidad de imágenes que acontecían sin una pausa. A una velocidad deslumbrante, la historia era contada con una agilidad y agudeza que me sobrecogía. Por otro lado, en los momentos en que la violencia hacía acto de presencia, la incomodidad se apoderaba de Ilona. Primero, cerraba sus ojos contundentemente, y, segundo, volteaba su rostro hacia mí. En el punto climático de la exuberante violencia, en su mayor gradación, Ilona se aproximó demasiado, y sus ígneos labios rozaron el lado izquierdo de mi rostro. El momento era preciso y justo. Moví mi cara hacia esos labios, y, en un instante, me descubrí besándola. La emoción era compartida, como debía ser. Sus labios eran más delicados de lo que en algún momento soñé. La fuga se convertía nuevamente en búsqueda, en persecución. Dudé al principio, pero luego al mirar sus ojos, al verlos cerrados, prolongué nuestro beso, mientras otras historias se proyectaban en la pantalla. Tuve la certeza de cuándo y cómo comenzar, pero me asaltaron las dudas de cuándo y cómo debería dejar de besarla. Dejé que el tiempo transcurriera en sus labios, en las toxinas de su perfume, al tiempo que ese lapso había borrado de un tirón todos los desvelos, todas las pesadillas. Coloqué, discretamente, mi mano derecha sobre su pómulo izquierdo para acariciar los rastros de una materialidad que se me había negado en su momento. Me separé lentamente de mi butaca para no descuidar un solo segundo de un presente ininteligible, pero sublime. Cerró su boca, retiró su rostro un poco para poder mirarme directamente a los ojos. No puedo definir los gestos que demarcaban mi cara en aquel momento, pero debió, en cierto sentido, incriminarme, ya que ella sonrió como nunca antes. Y el tiempo se detuvo. Mis movimientos fueron relajándose, alimentándose de una sutileza flotante. Sé que le devolví la sonrisa, entretanto dejábamos caer nuestros cuerpos en el reposo de las butacas. Desde allí, se acomodó en mis brazos, dejó su mejilla derecha sobre mi hombro izquierdo y pasó su brazo por debajo del mío. Habíamos olvidado por completo la película, a sus amigas y al público. Éramos nosotros y punto. Los besos se sucedieron unos por otros a lo largo de un filme que continuaba, incólume, esa historia que tanta polémica había traído consigo. La evidencia estaba allí, en nuestros labios, en nuestras respiraciones, en nuestras palpitaciones. Algo magnífico había ocurrido entre ambos.

Al finalizar la tanda esperamos en nuestros asientos a que el resto del público abandonara la sala. Constatamos que sus amigas también permanecían sentadas, siete filas detrás de la nuestra. No pensé en ningún momento que ellas pudieran haber sido testigos de nuestro afecto aquella noche. A través de los años nunca me lo cuestioné. Al parecer Ilona sí. En la noche que me fue a buscar lo comentó. En realidad me habló de tantas cosas. Lo sucedido en el cine, los comentarios que le hicieron sus amigas. Una de ellas, la que condujo esa noche, en medio de la película se había puesto de pie para ir donde estábamos, para preguntar si queríamos alguna bebida, pero no llegó a su destino al percatarse que nos besábamos. Se detuvo y regresó a su butaca. Jamás le comentó algo hasta una semana previa a su boda, el día que tenía la última prueba con la modista que le confeccionaba el traje de novia. Casualmente, esta había sido la seleccionada para ser la madrina en la boda. En la impetuosidad del momento preguntó por mí. Ella no sabía nada sobre mí, si me encontraba en o fuera del país, si trabajaba, si me había casado o no. La conversación quedó ahí. O por lo menos así lo consideró Ilona. Cinco minutos después de medirse los trajes y camino a reunirse con sus respectivas parejas, su amiga se lo comentó: *Aquella noche los vi besándose apasionadamente en el cine.* Y no supo qué decir, se limitó a quedarse en silencio. Esa misma noche, desesperada, según me contara una semana después, buscó todos los papeles, tarjetas, folios guardados en varias cajas de zapatos; todos estos, relacionados a su vida escolar. Dentro de un sobre azul encontró algunos textos que yo le había dedicado y en un sobre blanco dio con la pequeña nota que le escribí pidiéndole que fuera mi novia. Recogió todo el material relacionado a mí y se lo llevó al apartamento que compró con su pareja y en el que ella, sola, habitaba ya varios meses. Decidió buscarme, preguntó a los antiguos compañeros y a otras personas, hasta que una de nuestras amigas en común le comentó que había compartido conmigo en una barra de la vieja ciudad, dándole los detalles de nuestro encuentro y de mi domicilio. Tres días después, se presentó en mi casa.

Al vaciarse la sala del cine, caminamos hacia donde se encontraban sentadas sus amigas. Hicimos varios comentarios de la película durante el viaje de regreso. La noté alejada, distante. Llegué a mi casa, saludé a mis padres, que me esperaban en la sala de estar, viendo no sé qué programa de premios en el televisor. El domingo pasó ligero, entre lecturas y la espera por una llamada. Nunca la hizo, reflexioné sobre la posibilidad de que estuviera molesta o sentida por lo sucedido en el cine. El insomnio pudo más aquella noche, y entre pensamientos y pulsaciones exageradas me tropecé con la madrugada. Al ir al baño, unos ojos enrojecidos y una mirada desorientada me daban los buenos días. En la noche del cine vislumbré destellos de lo que deseaba para mí, me iluminé. Ilona me deslumbró con su profunda brillantez, grave, disuelta en sus carnosos labios, aquellos que anhelaba furiosamente y se me fueron revelando en la inmediatez de una indeleble noche. A veces, esos leves instantes de luz, dejan marcas imborrables, marcas que sobreviven, que se transfiguran con la edad, con los años, con las experiencias y las ausencias. Aunque esa energía fue opacándose en la medida en que fue ignorándome clase por clase, salón por salón. En la desesperanza que se avecinaba la busqué, a través de notas, de preguntas, de intentar hablar con ella. Pero el momento nunca fue oportuno, ella no lo presentó de ese modo. Dentro del desconcierto de lo vivido aquel sábado en la noche, las antiguas y oscuras aguas volvían a inundar mi región. Las pesadillas, las dudas regresaron no solo el lunes, sino también en las semanas posteriores a nuestra aproximación. No me habló, no me llamó durante esa primera semana. El próximo domingo, a las ocho y media de la noche, y para no perder la costumbre, el teléfono sonó. Lo tomé, sabía de antemano quién estaba al final de la línea, y vociferé: *Y ahora, ¿qué te hice?*

La llamada duró lo necesario. Ilona fue hilvanando sus ideas sobre cómo pasó todo, el impulso de besarme y al final de cuentas no entendía lo que sentía. Decidí escucharla sin recriminar nada. Cuando me tocó mi turno, fluyó la conversación en mi tiempo, expliqué con detalles lo importante de nuestro encuentro en la sala de cine, la aguda sensación de sus labios, la correspondencia de mis caricias. En el final de ese fluir, le comenté que nuestra experiencia cinematográfica despertó sentimientos que habían sido transferidos a otros lugares. Yo sentí la correspondencia necesaria para soñar en una intimidad que tuvo su génesis en el ir y venir de sus labios, en la contundencia de su lengua, en el furor de su abrazo. Ilona eludió, con astucia, el tener que profundizar sobre sus sentimientos. Confesó la confusión que le advino luego del "suceso", como le llamaría minutos después. En algo estaba clara, sentía algo por mí, pero no podía definir con certeza exactamente qué. Esa semana, continuaba hablándome, se le hizo eterna, no quiso ignorarme, como en realidad pasó. No podía hablarme sin antes cuestionarse, entender lo ocurrido. Interrumpí, y sin más, pregunté.

—¿Cómo uno cuestiona todo lo que siente, todo lo que vive? ¿De dónde uno puede sacar eso?

Esa pregunta, al parecer, le incomodó un poco. Solamente se limitó a decir:

—¿Por qué no preguntarse uno lo que siente?

—Le tienes miedo a la vida misma —decido continuar.

—Le tengo miedo a lo que puedo sentir por ti —terminó la llamada colgando el teléfono.

Esa noche, está demás decir, fue larga y tortuosa. No pude tragar esa última frase. Ante todo, esa manía de necesitar comprender, de entender lo que uno siente por otra persona. Además, lo del miedo, cómo profundizar en esa declaración, sin sentirme aturdido, sin que eso, a su vez, catalice mis más insondables complejos. *Le tengo miedo a lo que puedo sentir por ti* retumbó en mí toda la noche y toda la madrugada del lunes. Por obligación debía asistir a la escuela, tenía la primera reunión del grupo que organizaba el baile de Navidad. Era muy importante, ya que recaudaríamos dinero para las festividades del año de graduación. Ella estaría allí,

90

y por qué no, yo también. Luego de las primeras clases, nos dejarían un periodo de una hora en uno de los salones del segundo piso para reunirnos y planificar las actividades. De seguro serían las de siempre: rifas, un día de juegos, venta de chocolates, y, al final, el gran baile de Navidad. Ilona decidió unirse a todos los comités que me inscribí. A principio la vi distante, pero luego fue acercándose, sonriendo y depositando un gran beso en mi mejilla derecha. Los demás compañeros comenzaron a silbar, después se rieron, y nosotros nos miramos, y reímos con todos ellos. Todo resultó: el segundo domingo de noviembre tendríamos el día de juegos de azar para recolectar algunos fondos, la venta de chocolate, que estaba destinada a todos, se realizaría nuevamente a finales de marzo. A lo que no pudimos llegar a un acuerdo en consenso fue en la música o en el grupo musical que amenizaría la actividad de Navidad. La decisión final sería por votación, las opciones se llevarían salón por salón, y los estudiantes ejercerían su voto. Finalizada la reunión, se quedó junto a mí, fuimos a almorzar juntos, cero amigos, cero amigas. De la cafetería partimos a nuestra próxima clase, y así sucesivamente fueron lloviendo los días, idénticos todos, nos llamábamos en la noche y durante el día permanecíamos próximos el uno del otro. Los comentarios de nuestra audiencia se dispararon y continuaron; nunca los negó, y yo, por qué tendría que hacerlo. Eso sí, sobre el cine y lo vivido allí, nunca más hablamos. Permaneció como un secreto, como un elemento que producía una unión más allá de las dudas.

En todas las actividades aparecíamos y desaparecíamos juntos. Llegado noviembre, ya nadie preguntaba, lo daban por cierto; una relación que nunca se concretó, pero que todas las personas a nuestro alrededor confirmaban. No les puedo negar que me sentía bien, me brindaba una falsa seguridad. Lo curioso de la situación es que nunca fuimos novios, nunca formalizamos. Aquella cursi y pendeja nota se diluyó en las nuevas memorias y recuerdos que íbamos construyendo día a día. No solamente compartíamos pequeños escritos y, en ciertas ocasiones, breves poemas, sino hicimos un salto mayor, empezamos a regalarnos postales, libros, casetes de los grupos de música que nos apasionaban. Edificamos una relación en una base inestable, yo no tenía la certeza de lo que sentía por mí. O si sentía algo en realidad. Desconocía dónde ubicarme con ella. Me llamaba, me invitaba a salir, a conocer otros mundos, que solo, nunca me hubiera enterado de su existencia. Pero siempre, me presentaba como un amigo, como un compañero de clase. Sonará sentimental, pero nunca de sus labios, de esos labios que había besado en múltiples encrucijadas, salió la determinación de novios, y ella buscaba la forma de anular todo diálogo referente al tema. Aunque en sus cartas, en sus sutilezas, en nuestros encuentros, en sus dulces palabras, me llevaba a creerme un camino diferente. Su trato, cuando andábamos acompañados, era otro. Lo único que me brindaba un leve consuelo era la posibilidad de una timidez casi enfermiza. Fue un tramo difícil de asimilar.

En ese punto de nuestra indefinida relación, un día, durante la clase de Matemáticas, llegó una nota de Adrián a mi escritorio. En esta me comunicaba que deseaba contarme algo sobre una nueva persona en la escuela. Al finalizar el texto escribía *La rubia*. No le presté mucha atención, pensé que me diría algo sobre su cuerpo o su cara, comentarios que ya habían circulado por toda la clase. Lo cierto es que Carola, la rubia, era una chica hermosa, y había llegado al colegio a principios de semestre desde una escuela cercana a la nuestra. Al terminar el curso, Adrián se me acercó y me comentó, directa y efusivamente:

—Tú le gustas a esa chica.

—¿A cuál? —respondí, con una falsa incomprensión, para eludir la conversación que se acercaba.

—No te hagas el pendejo, a la rubia, a Carola —contestó Adrián con entusiasmo—. Nada tipo, estaba hablando con ella, tratando de inducirla a que me acompañara al baile, cuando en eso tú pasas caminando por el patio junto a Ilona. Y ella, sin más ni más, te lo juro hermano, me preguntó quién tú eras. No te voy a negar que no me molestara en el momento. Uno trata de echarle los piropos y ella pendiente a ti —culminó con un respiro y mirándome continuó—. Pues nada, le comenté quién eras, que estudiábamos juntos en varios cursos. Si no te has dado cuenta, ella está con nosotros en cuatro clases.

—¿Preguntó por Ilona? Digo, si me vio y me ha visto en el patio, tuvo que notarla, ¿no?

—Pues fíjate que no. Se limitó a preguntarme por ti, que dónde vives, si has decidido ir a una universidad. Coño, por cierto, ¿decidiste qué vas a estudiar?

—No, no lo he pensado exactamente.

—Bueno, nada, que por desgracia para mí, parece ser que la rubia está por ti. Consejo de hermano: Si Ilona no quiere nada serio, aquí puede haber algo. No te quedes dormido, que hay varios buitres rondando.

—Sí, tú eres uno de ellos.

—¡Qué cabrón eres! Uno aquí repartiendo buenas noticias y tú le pegas a mi hígado. Eso es lo que hay con ella. Mañana tenemos el curso de Lengua y Literatura a primera hora, mira ver, haz algo, que, con mucho respeto, la chica se ve bien.

—¡Buitre!

De alguna manera aquel diálogo con Adrián había fracturado mi rutina. Los comentarios sobre Carola fueron convincentes para hacerme pensar en mi cuasi relación. De antemano yo reconocía que era una situación dudosa, en el sentido de que no podía demarcar con exactitud el lugar donde me encontraba parado con ella. Lo del cine quedó en un pasado distante, al cual no regresaríamos. En muchas instancias temía que eso fuera lo único que quedaría de nuestra exigua historia. No puedo negar que los comentarios de Adrián iniciaron ese enfrentamiento con la realidad diaria que vivía con una siempre apartada Ilona. Asimismo, que una persona como Carola se fijara en mí, abría un abanico de posibilidades que nunca consideré. No sé cómo sucedió, ni el orden específico, pero el próximo día en la clase de Lengua y Literatura me encontraba acercándome al asiento que ocupaba Carola, cuando vi que me miraba, así que le envié rápidamente una sonrisa acompañada de un *¡Hola!* Ella correspondió el saludo y me senté en el pupitre que quedaba a su derecha, no en el último de la primera fila, detrás de Ilona. Tal vez quería, de una manera casi siniestra, que ella se inquietara con mi acción. Como niño que todavía era, consideré la operación como una doble estrategia, ver qué hacía al no observarme sentado en el lugar de siempre. Claro, una actitud totalmente desleal en torno a mi amiga, o lo que fuera. Pero debía preguntarme *¿Qué es la lealtad?, ¿A quién o a qué debía ser leal?, ¿Ser fiel a una forma de inestabilidad o de desconocimiento?* Ella poseía el adelanto de una seguridad, no olvidemos que fui yo quien, sin ningún reparo, confesó las primicias sentimentales. Ella tenía pleno conocimiento de cómo me sentía, mis escritos, mi consistencia, mi búsqueda. Yo, en cambio, carecía de todo eso; construí una suerte de personalidad a través de lo que sentía y lo poco que viví junto a ella. Esos sencillos comentarios de Adrián trajeron consigo una serie de cuestionamientos sobre una relación que iba a cumplir los dos años. Una relación en la cual una sola persona aportaba todos los sentimientos posibles y al final del día recogía el vacío que hallaba en los pasillos de una desolada escuela. En lo más oscuro de mis pensamientos, siempre estuvo presente nuestra diferencia de clases. Mis padres, trabajadores en fábricas, ambos con pésimos salarios, realizando malabares para que yo estuviera en un pupitre de un colegio, siempre detrás de una chica. Mientras los suyos, cotizaban en bolsa, con las regalías que heredaron del sudor de otros. Nunca renegué lo que fui, pero me molestaba que ella no vislumbrara esa diferencia. Lo que siempre me irritó fue el pensar que nuestra relación nunca se formalizó por esa desigualdad, por el desfase entre el uno y el otro. Jamás me enteré si, inconscientemente, ella se negaba a aceptarme por tal disimilitud o si en algún momento de nuestro compartir se haya enamorado de mí. A lo largo de los años me conformé pensado que aquella diferencia jugó un papel decisivo en no poder llevar lo nuestro a un puerto seguro. Un vínculo formal, como yo lo había deseado. Lo interesante de la vida es que ahora he conseguido escalar social y económicamente, pasando por alto relaciones, amistades, familiares y uno que otro matrimonio. Pero, más allá de toda comprensión, las lágrimas que afloraron de ella en aquel salón del segundo piso contaron una historia encerrada sobre lo que realmente sentía por mí. Las oscuras noches después de esa confesión, activaron en mí una imperiosa necesidad de acumular todas las riquezas materiales que, de alguna forma, les fueron negadas a mis padres. Una dramática ambición fijó los lineamientos de lo que ha sido mi existencia hasta el día de hoy. Desde aquí, seré de las primeras personas que podrán abordar el avión. Ese es uno de los privilegios de un boleto de primera clase. Ocuparé un cómodo y lujoso asiento, una asistente de vuelo irá a saludarme, a ofrecerme una copa de champán y diré que sí, aunque deteste con todo mi ser el champán. Me traerá el menú, podré seleccionar de una lista de sofisticados platos, usaré un baño disponible para muy pocas personas, volverá la asistente a convidarme una almohada y una cobija para hacerme sentir aún más "afortunado". Solo llegaré a un destino en donde, de seguro, estará esperándome el chofer de la compañía. Es obvio que estará molesto por todos los retrasos de este infame vuelo, ya que tiene familia, y desearía estar compartiendo con esta, en lugar de esperar a otro más de los ejecutivos de la empresa para la que ha trabajado los últimos veinticinco años de su vida.

Pero, en aquel preciso momento, opté por continuar hablándole a Carola.

—Me cuentan que vienes de una escuela no muy lejos de aquí —de nuevo, rompo el hielo.

—Sí, como a quince minutos en auto —contestó interesada en continuar—. Mi madre consiguió un trabajo con mejor salario en el edificio al frente del colegio.

—¿Cuál? —pregunté.

—Si miras ahora por la ventana, es el que está frente a la entrada del colegio —dijo Carola. Me pongo de pie y camino hacia la ventana, examino con la mirada el edificio de, tal vez, cinco pisos más alto que el colegio, lo señalo y ella asiente.

—¿Es ingeniera tu mamá?

—No, es arquitecta. Aunque es un edificio gubernamental, rentan los últimos cuatro pisos a empresas privadas.

—Entonces, tu mamá trabaja en una de ellas.

—Sí, en el último piso, aunque no de este lado, sino del otro, el que da hacia el mar.

—¿Debe tener una vista espectacular?

—Pues sí, te diría, sobrecogedora.

—Así es la mía ahora —declaré con una confianza enorme, como si hubiera tirado a la basura todo el retraimiento. Vi que se sonrojó y luego envió una leve sonrisa. Imagino que yo también me sonrojé. Crucé esta entrada con algunas palabras, ya tenía ambos pies en el otro lado. Debía continuar con la oportunidad que se abría, tratar de construir otros edificios, sin la imperiosa necesidad de esperar algo a cambio. Consideré en ese segundo de breve triunfalismo, que esa sonrisa de Carola significaría una forma perversa de la seguridad. Antes de que llegara la maestra, continuamos hablando. Me conversó más sobre su familia, su casa, cercana al colegio y de algunos planes para el futuro inmediato, sobre todo aquellos relacionados a las universidades y los estudios. De mi recuerdo, fue muy placentera esa primera comunicación con ella. Sin querer, nos dimos cuenta de muchos lugares en común. Luego compartimos de a poco en las diversas clases que teníamos juntos. Con sinceridad, Carola me entusiasmó más de lo que imaginé y, en varios días, mudamos ese compartir a las líneas telefónicas. Hablábamos a diario, casi siempre luego de mi llamada con Ilona. Mi tiempo fue dividiéndose entre el compartir con Carola en las clases y mis encuentros en el patio de la escuela con Ilona. Curiosamente esta nunca me habló de Carola, aunque la segunda sabía sobre la primera. Al preguntármelo una vez le contesté que sí, pero lo que me sorprendió fue la segunda pregunta *¿Qué clase de relación?* Quedé mudo, en realidad no sabía cómo contestarla. Yo seguía sin poder definir ese atípico lazo. No fuimos ni somos novios, somos amigos con una carga de ambivalencia. Mi contestación fue sencilla *Somos amigos*. Ese somos amigos pesó como una culpa; sé que nunca quise que fuéramos amigos, pero no hay nada más que buscar. Mientras meditaba sobre esa respuesta, el silencio impacientó a Carola, que, sin pensarlo mucho, me invitó al baile de fin de semestre. Ilona quería ir, pero yo no sabía si conmigo. Carola planteaba otra posibilidad, otro potencial camino. *Sí* fue mi contestación. Sonrió y se fue del salón antes de terminar la clase. Pasó frente a la maestra y esta se quedó asombrada con su acción. La maestra, molesta, me preguntó qué le había sucedido, yo me limité a decir un *No sé*. Los demás estudiantes, como es costumbre en situaciones que hacen cambiar la rutina, comenzaron a hacer ruidos, a reírse, hasta que intervino la maestra con un gran *¡Silencio!* Los ojos de Ilona estaban cercanos, los sentí en la nuca. Al virarme, para poder constatarlo, nos miramos profundamente, ella en su esquina y yo en mi nuevo espacio. Al salir al pasillo me tomó por el brazo y bajamos juntos las escaleras hasta el primer piso. Me solicitó que nos sentáramos juntos o por lo menos cercano el uno del otro. Al tomar asiento, me preguntó de inmediato.

—¿Qué le pasó a esa estudiante que salió antes de terminada la lección?

—De verdad que no sé. Tal vez está enferma, le habrá llegado la regla de imprevisto o algo por el estilo.

—¿Sabes que se acerca el baile de fin de curso y el intercambio de regalos?

—Sí, lo sé. Para mi desgracia me ha tocado regalarle a la maestra de Lengua y Literatura.

—¡Válgame! Eso sí es un buen chiste. Este año me tocó el turno de regalarle a Adrián—dijo y continuó riéndose de mi mala suerte y la sentí cercana. Y paso seguido me comentó que tenía algo para mí ese día.

Sin querer presioné con fuerza el amarillento papel que descansaba en mi regazo. Había regresado y mi primera reacción fue agarrar con intensidad la hoja. Ella seguía sentada, mirando a su alrededor. Me imagino que molesta por las tardanzas. *¿Estaría ella también en primera clase?* Si es así, nos encontraríamos de nuevo en otro pasillo, en esta ocasión el de un avión o al pasar por donde yo estaría sentado *¿Me reconocería?* Desconozco ese detalle, son muchos los años y demasiadas experiencias las que se van inscribiendo en nuestros rostros, las líneas que demarcan el tiempo, surcos donde se acumulan las sonrisas y las lágrimas, y que, al final, somos nosotros los únicos que podemos leerlas frente a un espejo. Al tiempo que debato con la idea de si tomará o no una butaca cerca a la mía, vuelvo a nuestra conversación, y le contesto:

—Yo tendré también algo para ti —le contesté a ciegas, sentí que debía decir algo, tendré que escribirle algunos versos. Tengo que avanzar, el intercambio sería el próximo lunes y el viernes la fiesta. Semana y media después, habrá concluido el semestre y las esperadas vacaciones estarían a la vuelta de la esquina. Aquí, el cruce de caminos, la encrucijada, el momento de la decisión. Era hora de enfrentar los temores y los deseos. Este último acercamiento produjo nieblas en el camino que debería tomar. Era interesante aquel presente, en menos de un año, había salido airoso de mi batalla contra un cierto tipo de soledad. Ahora enfrentaba, por vez primera en mi juventud, un debate interno sobre qué hacer, qué decidir. Ilona era la persona con quien aprendí lo que es querer, el preocuparse por otra persona, el desearla. Sin embargo, no tenía transparente que yo fuera lo mismo para ella. Su velocidad era distinta a la mía, mis acercamientos eran directos, sin elocuencias, sin titubeos. Los de ella parecían haber sido pensados una y otra vez, eran contados y luego reservados para ciertas ocasiones. Creo que desde ese momento fue disolviéndose en una especie de neblina, una forma espectral que comenzó a encontrarme en las noches. Con ella siempre quedaba con los brazos abiertos, estirados, esperando, deseando, recogiendo migajas que iban esparciéndose en un tiempo lento, acomodaticio para ella. Siempre estuve allí, ahí radicaba el problema. No la dejé sola en los momentos en que yo me encontraba totalmente solo. Configuré una posible biografía con ella, y ese libro que solamente Ilona hojeó, aunque se detuvo en algunas fotos, pero nunca quiso leerlo. Debí ser amante, pero tuve que conformarme lastimosamente con ser amigo. Sus escasas caricias me llevaron a una ensoñación banal, idiota. La perseguí por los pasillos, por los salones, por nuestras conversaciones, por nuestros ínfimos besos y nunca la encontré.

Carola, por el contrario, se hizo presente desde un principio, ella sí consideraba la posibilidad de un amigo, pero asimismo la de un amante.

El lunes del intercambio de regalos llegó sin desesperaciones. Todos nos reunimos a primera hora, entregamos los presentes, estudiantes con estudiantes, yo con la maestra. Le di como obsequio un libro de esos poetas que ella tanto adoraba. De más está decir que me lo agradeció. Además del obligatorio canje de presentes, se tenía planificada, en secreto, una fuga. Las fugas eran muy sencillas: los estudiantes que tenían a su haber un auto propio o prestado, se reunirían a las diez de la mañana frente al colegio. Escribirían, con crema de afeitar o el líquido blanco para lustrar los zapatos, los cristales de sus respectivos automóviles con la palabra fuga, nombre del colegio y el año de la graduación. Tocarían las bocinas de los carros y los demás nos íbamos de las clases, poco a poco, para que así nuestra reina madre, la directora, no sospechara de nuestras intenciones. Nos montaríamos en los autos y, ahora sí, comenzaríamos el desfile alrededor de la escuela, por las calles que demarcaban la cuadra en donde ubicaba la institución. El volumen de la música en los autos era alto, los gritos, la euforia, y luego partiríamos a algún lugar retirado del colegio. En su mayoría, estas fugas se terminaban en la playa. Ilona me pidió que me fuera con ella en el auto de su padre, que curiosamente carecía de las palabras escritas en los cristales. Le cuestioné por qué no tenía algo escrito en los mismos, me comentó que no era necesario. Cuando salimos todos en fila, tomó una izquierda, en vez de seguir a los demás. Nos escapamos de la fuga. En otras palabras, nos fugamos de la fuga. Luego de media hora de conducir, arribamos a un parque que, a esa hora de la mañana estaba desierto. Se estacionó y decidimos caminar por las múltiples veredas que llevaban a distintos destinos. En el recorrido avistamos un pequeño promontorio con un solo árbol en el tope. Ascendimos con lentitud hasta la cima y nos sentamos en el suelo, apoyando nuestras espaldas al árbol. Ilona inició el diálogo.

—Creo que no nos van a extrañar mucho —comentó segura.

—No sé a ti, pero yo había hecho planes con Adrián para irme con él y otras personas.

—¿Estaría Carola entre esas personas?

—Desconozco, ¿por qué la pregunta?

—Por nada, solamente la manera en que te mira. He visto que hablan de vez en cuando. Eso es todo.

—No, no me he percatado en cómo me mira. Tal vez debería estar más atento a mis inmediaciones.

—Yo creo que sí, aprenderías mucho.

—Tienes toda la razón, comprendería aún más.

—Como te dije la semana pasada, tenía algo para ti.

Tomó su mochila, la abrió y sacó lo que parecía un libro envuelto en un papel de regalo color violeta. Lo tomó en ambas manos y lo miró con firmeza y comentó estirando ambos brazos.

—Esto es para ti.

—¿Qué es?

—Ábrelo, y sabrás —dijo. Sujeté el regalo con ambas manos, lo acerqué, y lo agité.

—¡Deja de hacer eso! ¡Ábrelo ya! —dijo nerviosa.

Abrí el regalo y descubrí, con asombro, una libreta con una cubierta de cuero color azul añil. Me emocionó el presente, no esperaba algo tan espléndido.

—Para que escribas en ella todo lo que deseas.

—Solo puedo decir, muchas gracias, de verdad, es hermosa —comenté. Rápidamente abrí mi bulto y extraje una hoja de papel y la extendí hasta sus manos. La abrió y comenzó a leer.

Si decides buscarme en la íntima orilla de tu sueño,
ilumina con exactitud ese camino repleto de sauces,
y navega las oscuras aguas del comprometedor pasado.
Búscame,
en las fauces de un provocador deseo,
en las últimas instancias de tu desvelo.
Búscame,

entre las algas que flotan
desde las profundidades de tus negativas,
desde los risibles momentos del celo.
Búscame.

Al tiempo que ella leía detenidamente el poema, saqué de mi bulto un bolígrafo de tinta negra. Destapé la libreta y escribí varias líneas en la primera hoja. Al terminar de leerlo, vi varias lágrimas seguidas por un comentario.

—Es genial, gracias. Además, qué escribiste en la libreta, no creas que no te vi.

—Nada.

—A ver, enséñamelo.

Tomé la libreta, la entreabrí un poco, y luego de par en par, mostrándole lo escrito en la primera página. Sonrió, se acercó y me besó con intensidad, por horas, sin parar, sin recesos innecesarios. Hasta que un oficial de seguridad del parque llegó a donde nos encontrábamos y nos comunicó que teníamos que salir inmediatamente del mismo. Nuestras caricias no eran una conducta aceptada en aquel lugar. Comenzamos a reírnos a carcajadas, mientras recogíamos nuestras mochilas y nuestros respectivos regalos. Llegamos al auto y, al subirnos a él, nos dimos un último beso. El último beso. Al final del día, pudimos encontrarnos de nuevo con los amigos en una playa solitaria que todos, en alguna ocasión, habíamos visitado. Algunos ya estaban lo suficientemente bebidos para brindar exageradas muestras de afecto, y el famoso *Te voy a extrañar*. Otros, en parejas, regresaban de una caminata por la orilla de la playa. Observamos a varios compañeros sentados, hablando, pasándola bien. Decidimos, entrada la noche, agrupar pedazos de madera que encontramos alrededor, los apilamos en un mismo sitio. Adrián, ya entrado en tragos, sacó un bidón de gasolina de su auto, se colocó frente a lo que sería en unos instantes nuestra fogata en celebración de nuestra fuga. Antes de rociar la gasolina en los pedazos de madera, osó dar un discurso sobre la clase graduanda, los buenos momentos vividos a través de los muchos años de convivencia, las maldades realizadas a los maestros, los regaños recibidos por parte de la principal de la escuela, *¡Esa pendeja!* dijo, las amenazas de perder la graduación, de no realizar ningún tipo de baile, de todo, lo bueno y también lo malo. Cuando terminó su discurso, sus ojos estaban llorosos. No supe si era por la borrachera o porque sabía que estaba enfermo y nunca lo confesó. Nos enteraríamos muy tarde, un año y medio después de la graduación. Adrián había sucumbido a un raro, pero voraz cáncer en el páncreas. Para mí y para muchos de los colegas fue una ingrata sorpresa, de esas que sacuden la existencia misma. Al terminar de hablar y de limpiarse las lágrimas, roció todo el contenido que tenía en el recipiente sobre las maderas. Se persignó, miró al oscurecido cielo y prendió un encendedor, se echó hacia atrás, algunos pasos. Todos rodeamos la pila y luego dimos algunos pasos hacia atrás, pero muchos pasos más. Adrián lanzó el encendedor y una monumental explosión recorrió toda la playa, al tiempo que una enorme llama daba por creada nuestra fogata, la fogata de la fuga. Era curioso el evento, todos rodeamos el fuego y nos miramos unos a los otros reír. Reír como nunca antes. El destello reflejado en los ojos de los compañeros representaba una forma de connivencia. Desde un punto más lejos, por el susto inicial, Adrián dictaminó:

—La fogata nos ha apendejado.

Y comenzamos a reír, nuevamente. Ilona se reunió con sus amigas. Busqué algunos amigos, hablé con Adrián y otros socios. A través de las llamas divisé a Carola, mirándome. Le devolví la mirada con una sonrisa. Ella entendió ese gesto mío como una llamada, porque se fue acercando y me saludó con un beso en la mejilla.

—Pensé que no venías —me sondeó sin ninguna pausa.

—Sí, pero tuve que hacer algunas paradas en el camino. Bueno, pero aquí estoy, frente al fuego de la clase graduanda.

—Sí, ya te veo, oye y ¿con quién llegaste?

—Con unos amigos que viven cerca de casa —mentí.

—¿Sabes que Ilona también llegó tarde?

—Al parecer han llegado muchas personas tarde, así que no me extraña.

—¿Quieres caminar por la orilla de la playa?

Respiré como siempre.

—Seguro, un poco de ejercicio vendrá fenomenal.

Regresé, sin intención, sin pensarlo, sin planificarlo, al mar. Siempre regreso a él; en un momento lo había olvidado, pero sé que está en mí. Habíamos terminado en esa playa como el final de nuestra primera fuga. Llevábamos varias semanas planeando este escape, pero no teníamos idea adonde nos llevaría. Ahora camino, a solas con Carola, por la orilla de esta playa que contiene mucha de mi historia, de nuestras historias, conversando sobre trivialidades, relatando cuentos sobre esas aguas que emiten su sonido en la oscuridad. Miramos hacia atrás, y el fuego se estaba consumiendo, reduciendo de tamaño, no nos percatamos del pasar del tiempo. Nos alejamos del grupo, de la fogata y de Ilona. Volvimos conversando hasta tocar el tema del baile de fin de semestre y de la petición de ir con ella. Carola no se había arrepentido, a pesar de que sí me vio llegar con Ilona, tema al que no regresó por el resto de nuestra caminata. Descalzos ambos, sentimos el fluir del agua, de las olas que sonaban en las tinieblas de la noche. Ese retumbar incesante, continuo, a una velocidad que apacigua, que tranquiliza. Mientras, el viento movía el rubio cabello de Carola y trataba de revelar su hermoso rostro. Cada ocasión que el cabello cubría parte de su cara, se afanaban sus manos en descubrirlo nuevamente. Era como si no quisiera perder un segundo de aquella serena estancia. Con su mano derecha recogía los cabellos de su rostro, al tiempo que con la izquierda enrollaba su falda y la hundía entre sus piernas, para que el viento no dejara verlas. Tomaba la parte del frente de su falda, la enroscaba y con las rodillas la aguantaba. Era interesante la celeridad con que realizaba esa tarea, aunque interrumpía asimismo su caminar. Carola mostraba su rostro sin disimulos, pero mostraba una cierta vergüenza al tapar sus piernas. Así estuvo hasta llegar al grupo. Todos seguían contentos, haciendo chistes, riendo a carcajadas, bebiendo, creando una noche espectacular. A las dos de la madrugada la llama de nuestra fuga había disminuido y el cansancio llegaba para muchos de nosotros. Mañana habría que regresar al colegio. Nos despedimos, Ilona colocó un beso en mi mejilla derecha y me aseguró que me llamaría durante la semana. No lo hizo. Por otro lado, Carola me llamó aparte, y me dio un efímero y tenue beso en los labios y, también, me comentó que me llamaría. Lo hizo el miércoles y dialogamos por horas. Observé con detenimiento al grupo y vi a Adrián sentado sobre el capó de su auto, mirando hacia alguna parte. Me acerqué y le pedí las llaves de su auto. Me las tiró comentando:

—¡Estás del carajo! —. Abrió la puerta de su vehículo, echó el asiento del pasajero hacia atrás y se acostó—. Te vi llegar con Ilona y creo que Carola también. Estás loco, y para colmo te das una vueltita por la orilla de la playa con ella. La otra no dejó de mirarte. ¿Qué hay entre ambas?

—No lo sé, di una vuelta con Ilona, nos perdimos y llegamos tarde a la playa.

—Y yo soy el pendejo más grande. ¿Somos amigos o no? ¿Verdad que sí? Siempre estuviste enamorado de ella, pero nada pasó. O por lo menos eso creo. Ahora hablas con Carola y tratas de olvidarte a toda costa de la otra. Sé que te hablé de Carola, pero no sabía que mantenías dudosos asuntos con Ilona.

—¡Coño! Me jodí contigo. Estás filósofo esta noche.

—No, sencillamente estoy más claro en mis pensamientos. Es como si entendiera de momento todo lo que veo, ya no tengo dudas, ni preguntas. Hagas lo que hagas, siempre la tendrás en ti.

—¿Eso es lo que piensas?

—No, eso es lo que sé. Además, pendejo, gracias por conducir.

—Nada, te dejo en tu casa y luego me llevo el auto. Te busco mañana para ir al colegio.

—Está bien, trátalo como si fuera tuyo, que la otra vez que te lo presté me lo llenaste de arena. Esa es tu historia, el mar, Ilona y tú. Suena

a canción, aunque en verdad, estás jodido —así dictaminó Adrián antes
de dejarlo en su casa. Necesitó mi ayuda para bajar del automóvil, para
abrir el portón y la puerta de la casa. Luego de muchas peripecias, por el
peso del borracho, lo dejé acostado en el sofá de la sala. Cerré la puerta y
el portón, me subí al auto y, antes de llegar a mi casa, aproveché el présta-
mo y me dirigí hacia la residencia de Ilona, para constatar si había llegado
bien. Me detuve frente a su domicilio, el portón estaba cerrado con can-
dado y el auto estacionado en la marquesina. Durante esos minutos observé su casa, la misma que llegué a visitar en varias ocasiones. Estuve divagando hasta que la luz de la cocina se encendió y aceleré por toda la calle
hasta la salida que da a la avenida principal. Tomé una izquierda en el
primer semáforo y directo a la mía. En la mañana tendría que explicar,
primero la hora de llegada y luego el carro en la acera.

Temprano el martes fui a buscar a Adrián, no solamente me esperaba él, mal despierto, sino también su madre, que pronto exigió una explicación por la forma que había encontrado, tanto a su hijo como a su sala
de estar. Luego de una breve explicación y de una larga mentira, pudimos
salir hacia la escuela. Allí nos encontraríamos con los colegas durmiendo
en los autos, en las mesas de la cafetería y muchos de ellos probamente ni
llegaron. Por azar, una de las personas que ya se encontraba en una de
las mesas era Carola. Adrián la observó primero y, con una sonrisa malé-
vola, levantó el dedo índice de su mano derecha para señalarla. Le di las
gracias y lo envié, cariñosamente, a las pailas del carajo. Nos saludamos
como siempre, dialogamos un poco sobre lo emocionante que quedó la
fuga, la sentí más animada, con una mayor apertura a la hora de contar
otras cosas. Un entusiasmo contagioso estimuló la conversación, comentó sobre aspectos que no me había dicho anteriormente. De que me había
visto en otros lugares, fuera del espacio académico, en playas de la zona
practicando algunos deportes acuáticos, deambulando por el pueblo y en
varias librerías. Le comenté que sí, que en el pasado esos habían sido mis
pasatiempos, además de frecuentar el cine. Pero, lo que más le llamaba la
atención es que siempre andaba solo. Era cierto, la gran mayoría de mis

salidas estaba solo, pero le comenté que a la playa iba con un grupo de amigos. Fue a principios de ese año académico que comencé a salir con Ilona, aunque de eso no hablé, ni tan siquiera se mencionó su nombre. Carola observaba desde un tiempo, no solamente en el salón de clases también fuera de estos, a mis otras identidades. Conocía de mí, conocía mucho sobre mí, lo que me llamó la atención fue esa fijación sobre mis pasatiempos. Al finalizar, me indicó que en la tarde pensaba comprar el traje para la fiesta. Yo olvidé por completo la actividad, en parte por el ameno diálogo y por la manera en que Carola me había atraído hacia ella. Solo pude decirle que era una magnífica idea y de allí nos despedimos, con la promesa de encontrarnos en el salón de clase para enfrentar simultáneamente los múltiples regaños por la fuga del día anterior. Esa inmediatez de todo lo sucedido, lo pronto, lo rápido, hizo muy difícil tomarle el pulso a aquel presente, es semejante a enfrentar lo efímero y tratar de contenerlo, de detenerlo, de comprender, en cierta medida, el paso mismo del tiempo. En escasos días, la vida se transfigura, se generan nuevas expectativas, pero los segundos continúan corriendo. Esa forma de dejarse ir, de fluir con las circunstancias, implantó otra forma de acercarme a mi realidad. No quise perseguir a Ilona más, lo que pasó fue increíble, pero la vida se agota en la incertidumbre, en la constante ilusión de lo que se desea y en lo que no se tiene. Creo que fue allí, en aquella mesa, luego de la conversación con Carola, mi vida giró. Desistí de esa búsqueda constante, discreta, de una persona que no tenía claro qué quería. Había navegado demasiado, pero me lancé del barco antes de arribar a cualquier puerto. Necesitaba nadar, moverme. Eso fue todo, transfiguración. Mientras sigo agarrando este avejentado papel, que ahora duerme en mi cobijo, y continúo observando ese cabello negro, que señalaba aquella sigilosa búsqueda. Puedo decir, tal vez, me equivoqué aquella mañana. A lo mejor la decisión de no seguir tras Ilona marcó en definitiva un innegable destino, burlón por cierto, que me ha hecho regresar irremediablemente a ella. En esa semana no tuve contacto directo con ella, nunca indagó sobre el tema de los besos en el parque. Yo tampoco. Pensé si lo había soñado o en realidad fue un error de cálculo de parte de ella o mío. En fin, nunca lo dialogamos. No llamé, no hablamos de lo sucedido, de los besos, de las caricias, del encuentro del uno con el otro. Proseguí con mi acercamiento a Carola, sin dejar de pensar en Ilona. Aquella tarde del parque se diluyó en otras tardes y en otros labios.

En la noche del baile, para mi sorpresa, fue Carola la que me pidió formalizar lo nuestro. En el desconcierto del asombro, acepté, y llevé a cabo muy bien mi nuevo papel. En el pasado lo deseé con ímpetu y llegó, pero con otra persona. La seguridad que me brindó Carola esa noche fue alejándome de lo que siempre quise. En esa noche, mi madre me prestó el único vehículo que poseíamos. Quiso hacerlo para que yo buscara a mi pareja en un auto, y no en una patineta o, con suerte, en una bicicleta. Agradecido me despedí dándole un beso en la parte superior de su mano derecha. La sentí contenta, tal vez orgullosa, nunca antes me había visto de traje y corbata. No la había visto así desde que un día me llevó a una tienda de ventas de bicicletas y de la parte posterior de la misma se aproximó el dueño con el mejor modelo, y lo dejó frente a mí. El dueño se acercó y me dijo: *Es tuya*. La impresión fue tal, que todavía, hoy sentado en este aeropuerto, no puedo dejar de emocionarme. Mi madre ahorró por años para poder darme ese lujo. Al despedirse, me solicitó que tuviera cuidado y que tratara de portarme mal, aunque fuera por un breve rato. Le hice una promesa. Salí temprano para llegar a tiempo a casa de Carola. Al tocar la bocina del auto frente a su residencia, la vi salir con un largo traje de color violáceo. Estaba radiante. Me bajé del automóvil y, camino a saludarla, me percaté que su padre se encontraba justo detrás de ella. Saludé a Carola desde la distancia al tiempo que me presenté con su padre. Él mencionó mi nombre y yo le comenté que era un placer conocerlo en persona. Se me acercó al oído y dijo:

—Los quiero aquí a la medianoche, porque no vas a querer que yo salga a buscarlos.

—En absoluto.

—En absoluto ¿qué?

—En absoluto voy a querer que usted nos busque. A la medianoche o antes, será.

Acompañé a Carola al auto, mientras sentía la presencia de su padre, como si caminara junto a nosotros. Me volteé y lo vi tranquilo en la puerta de la casa. Abrí la puerta del lado del pasajero, para que Carola se sentara sin ningún problema. Curiosamente hizo los mismos gestos que en la playa, dobló su traje entre sus piernas, lo pinchó con sus rodillas y se sentó. Esperé a que se acomodara, cerré la puerta y giré nuevamente hacia donde estaba su padre, esgrimí mi sonrisa, levanté el brazo izquierdo y saludé al tipo con gran indiferencia. No sé si pudo leerla. Partimos al salón de actividades, que se encontraba cercano al colegio, arribamos media hora antes de la citación. Vi que solamente éramos nosotros y dos parejas más, que habían llegado con sus padres. Decidimos quedarnos dentro del auto, esperar mayor movimiento en la entrada del local. Hablamos un buen rato, y la sonrisa de Carola, su belleza, inspiró un cumplido de mi parte.

—Debe ser el maquillaje. Nunca lo he usado, pero mi madre insistió, así que me puse un poco —comentó con timidez Carola.

—Te queda muy bien.

Mientras continuábamos nuestro intercambio de ideas y pensamientos, sentimos, en seguida, un gran golpe en el cristal del auto. Era Adrián, quien nos había asustado. Bajé el cristal y nos preguntó si íbamos a bajarnos para entrar a la fiesta. Contestamos que sí, y luego le comenté que me había acordado de su humilde madre. Se estaba formando ya una fila de personas en la entrada del centro. Nos fuimos encontrando, Carola y yo, con los diferentes amigos mientras esperábamos. No sin antes dedicarnos unas intrusas y cuestionables miradas. Carola tomó la situación como algo normal, se reía, seguía saludando como si nada. Creo que los demás se dieron cuenta de que éramos una pareja antes que yo. En la puerta de la entrada firmamos al lado de nuestros respectivos nombres en la lista oficial de la fiesta. Este listado era custodiado por la maestra de Lengua y Literatura y por una de las amigas de Ilona. Al tratar de entrar, sentí un jalón por el brazo izquierdo y un bajo: *Con el permiso.* Carola permaneció parada, esperándome en la entrada, entretanto la amiga me llevó a una esquina y me inquirió directamente.

—No es que me interese mucho, pero, ¿qué haces llegando a la fiesta con Carola? Pensé que venías con Ilona.

—Bueno, nunca me comentó nada sobre la fiesta. Pertenecemos a los mismos comités de la clase, pero jamás me habló de llegar juntos.

—A lo mejor porque lo daba por sentado, lo menos que iba a pensar es que aparecerías con otra persona.

—¿Por qué no? No somos nada.

—¿Estás seguro?

—No, nadie está seguro de nada. Pero, siempre fui yo el que estuvo detrás de ella, nunca al revés.

—Eso no significa nada. Ella llegará y te buscará.

—No hay problema, yo llegué, así que de seguro me encontrará.

—Sí, te encontrará con Carola y no solo.

—Ahí radica el problema, yo siempre solo. Siempre le gustaba encontrarme de esa manera. Esta noche, por el contrario, no lo estoy y no lo estaré. Bueno, me esperan.

—Sí, ya veo que te aguardan, y que no dejan de mirar. Que la pases bien *Solitario.*

—Gracias. Al final, todos terminamos igual.

La discusión me hizo dudar un poco sobre mi decisión de llegar a la fiesta con Carola. Volví a ella y me preguntó sobre lo que hablé. Le comenté que nada, asuntos sobre uno de los comités que trabajó con dedicación, y que se preveía una gran fiesta. Eso es todo.

La noche transitó rauda. Descubrimos una mesa vacía, la que compartimos con varios compañeros, entre ellos Adrián y su pareja. Caminamos por el salón, bebimos un poco, bailamos mucho. Fue uno de esos bailes en que todos nos animamos desatando una gran fiesta. En esa velada terminamos, Carola y yo, como pareja. No obstante, durante toda la celebración estuve oteando a todas partes, mientras Adrián vagaba por las mesas. Pero ninguno de los dos la encontró. Al menos no la vimos, ni bailando, ni comiendo, ni sentada en alguna de las mesas. Ilona no llegó. Fue lo que pensé hasta que arribó el día en que hablamos en el salón del segundo piso.

Escuché el anuncio de que en cinco minutos comenzaría el abordaje. Al tratar de sentarme correctamente, el viejo papel cayó de nuevo al suelo. Lo que me ayudó a terminar de despabilarme. Me doblé y tomé el papel con suavidad. Lo abrí, lo estiré por completo en la parte superior de mi muslo derecho. Pasé con delicadeza mis manos para eliminar las arrugas que se marcaban en él. Busqué mi pluma estilográfica en uno de los bolsillos de mi mochila. Al sacarla, le desenrosqué la tapa quedándome con ella en la mano izquierda y la pluma en la derecha. Coloqué la fina punta de la pluma en la hoja extendida en mi muslo. Comencé a escribir. Al finalizar, observé que Ilona se había levantado y estiraba su cuerpo. Los pasajeros de este vuelo llevan más de cinco horas esperando. Yo, más de veinte años. Un nuevo anuncio, es momento de irnos. No dejo de observarla, camina de una esquina a otra, mirando al suelo, como yo solía hacer cuando caminábamos juntos en los centros comerciales. Luce cansada, pero sigue preciosa. Tarde o temprano me toparé con ella; los asientos de primera clase son los primeros que llaman para abordar. En la fila para entrar, nuevamente otro umbral, se encontrará con mi mirada. Aunque desconozco si podrá evocar algo desde estos cansados ojos. Desde un principio asumí que sí, yo pude reconocerla y rememorarla. A lo mejor ya me vio y quiso permanecer en la periferia, lejana de mí. No seremos nunca lo que fuimos, a pesar que jamás definimos qué fuimos. En la hoja que sostengo anhelé crear vestigios de eso.

Al entrar en aquellas cuatro paredes y volver a mirar los ojos de Ilona, que se encontraba sentada en el escritorio, intento recuperar su tristeza, sus palabras, sus lágrimas, sus susurros, sus confesiones. Rescato quién fui, además de todas las sensaciones que construyeron un ser distinto, ese que ahora ha decidido caminar hacia otra fila, la del abordaje. Sigo caminando por las hileras de butacas mientras doblo cuidadosamente el amarillento papel. Me acerco más, y tomo su mano temblorosa, agitada, y me mira, con los ojos inundados en lágrimas, y su uniforme empapado de sudor, desalineado, y solo escucho las preguntas: *¿Por qué nunca me lo dijiste?, ¿Por qué no me brindaste la oportunidad?* Y yo, con mis dieciséis años, de bruces contra el amor, contra el desasosiego, contra unas lágrimas atiborradas de emociones, ignoradas por mí hasta ese preciso momento. Me aproximo a Ilona, con el desanimo de las batallas dadas por estar con ella, me aproximo a Ilona con la única verdad *Porque nunca me quisiste, nunca me aseguraste reciprocidad, porque en los momentos más íntimos renunciaste a nuestro camino.* Me mira, queda en un silencio mayor, pero las lágrimas no cesan. Se baja del escritorio y se mantiene de pie, muy cercana a mis labios y pregunta:

—¿Qué sabemos nosotros del amor a esta edad?

—Todo —respondí.

Sonrió levemente, sin dejar de mirarme, sin abandonar su proximidad.

—Es verdad. Obsérvame cómo estoy por ti.

Giró e inició su andar hacia la puerta del salón. Pero yo no pude detenerla. No pude gritar lo que sentía por ella, no sé si por respeto a Carola, no sé si por miedo. Fue la primera vez que experimenté el estar próximo a una persona en una tristeza profunda, no lo comprendí hasta este instante que continúo caminando, como toda la vida, hacia Ilona. Me detengo unos segundos, a pasos de ella. Las personas que van en primera clase han iniciado su ingreso al avión. Mientras transito pausadamente, percibo que su cartera se encuentra medio abierta en la butaca de su izquierda. Me acerco con discreción en el preciso momento que ella se pone de pie y se dirige al mostrador de la aerolínea para realizar alguna pregunta. Llego a su asiento y deposito el viejo papel dentro de su cartera y escapo de prisa hasta la puerta de abordaje. Termina de hablar con el personal y regresa a su silla. Continúo mirando hacia otra parte, mientras la fila va moviéndose. Llega el momento de presentar mi billete y mi pasaporte, el mismo que había olvidado sacar de la mochila. Allí estoy, arrodillado, frente a ella, buscando el pasaporte, pero me cambio hacia el otro lado para que así ella no me vea. Me acomodo y encuentro el pasaporte, lo extraigo con ligereza, cierro la mochila y la acomodo en mi espalda. Entrego el billete y el pasaporte, el personal de la aerolínea lo verifica, lo analiza, y da su ok para pasar al avión. Antes de entrar, ante la posibilidad de no volver a ver a Ilona, la miro por última vez. En ese eterno instante la observo buscar en su cartera y encontrar el amarillento papel. Una vez más me invitan a pasar adentro y mi mirada fija en Ilona, que abre el papel, y que, lentamente, mueve sus ojos de izquierda a derecha. Con apuro se levanta de su butaca, mira hacia atrás, hacia las sillas contiguas. Gira su cabeza hacia todos los lados posibles, y regresa al papel, se sienta sin dejar de leer, mientras yo entro por la puerta de abordaje y camino con una sonrisa que no esbozaba en décadas.

Inconmensurables son los momentos de iluminación
que he perdido en la ciega búsqueda de la luz.
Deambulo frente al espectáculo,
calculando segundos, minutos, horas y días,
pero tu enigma deslumbra,
vertiginosamente,
los tiempos prohibidos.
Me anticipo al germinar de una luminosidad
que se alimenta de ti,
pero, inútil es el esfuerzo
ante las precisión de tu radiación.
Mientras escribo,
entre auges y fatigas,
andas deslumbrando a todos,
a todos menos a mí,
que hilvano los hilos de una oscuridad fatal,
ignorando la incandescencia que irradias,
solo al pasar,
solo con respirar.
Reniego nuestros avatares,
entretanto,
esclareces los infortunios de la existencia.
Diáfanos se presentan tu amor
y tus labios,
a esos a los que, entonces, me negué.

Esta segunda edición de
Entre auges y fatigas
se imprimió en enero de 2015

www.ingramcontent.com/pod-product-compliance
Lightning Source LLC
Chambersburg PA
CBHW020629250626
47154CB00004B/1730